Sporet over Isen

AF271984

u. a. munck

Sporet over Isen

© 2023 Niels Anders Munck

Forlag: BoD – Books on Demand, Hellerup, Danmark

Tryk: BoD – Books on Demand, Norderstedt, Tyskland

ISBN : 9 788743044772

I Slet

Vi holdt kursus i Tranbjerg i den sydlige udkant af Århus. Jeg var blevet modtaget hjerteligt dagen før med det sædvanlige:

– *Jamen, det er da godt, de endelig ville lade dig slippe bort fra Djævleøen!* Jeg ser stadig frem til den næste opgradering af jysk humor.

Tre dage, i lejede kursuslokaler. Kurset var om databaser ... redundans og normalisering, datasikkerhed contra performance, og den slags. Men det er slet ikke det, det skal handle om.

Denne gang havde jeg valgt at køre selv; normalt ville jeg have taget toget. Det var stadig forholdsvis nyt og uvant efter åbningen af den faste forbindelse over Storebælt et par år tidligere. Før det plejede jeg at tage flyveren til Tirstrup.

I aften havde jeg en aftale. Med Mona i Jelling. Jens lovede at gennemføre øvelsen efter middagen alene. Vi havde lavet den sammen mange gange før. Det var rutine. Det, der normalt gav de største udfordringer, var når serveren brød ned - men vi krydsede fingre.

Han havde nikket indforstået:

– *Siger du Mona? Ja, ja!* Men det fik han så lov til.

Jens forklarede mig detaljeret, hvordan jeg skulle køre mod syd fra hotellet, dreje mod højre i Slet, og så var der overhovedet ingen problemer i at finde motorvejen:

– *Du skal bare køre efter Kolding, og når du så er ved Vejlefjord, skal du dreje fra lige før broen.* Jeg kunne ikke lade være med at tænke på, at når jeg kunne se broen, så ville jeg være kørt forbi frakørslen. Men det var velment.

Han var lokal, og følte derfor et særligt ansvar for, at jeg nåede godt frem; man ved jo aldrig, hvad sådan en københavnersnude kan rode sig ud i, når han bliver sluppet fri på egen hånd. Imens trippede jeg utålmodigt for at komme afsted.

Jens havde allerede koblet op til vores fællesdrev på sin pc. Jeg bladrede frem til en af de opgaver, jeg havde ansvaret for:

– *Se her: Jeg har ændret formuleringen her; mange af kursisterne havde svært ved at forstå den.*

– Fint ...ja... han drejede skærmen for at kunne læse det *... Nå, det er dét, du mener! Ja, jeg har heller aldrig forstået den opgave!*

Jeg skulle lige til at sige, at vi havde kørt med den opgave i flere år, og at han da skulle have sagt det for længe siden, hvis den var så uforståelig. Men så kunne jeg godt se, at han tog pis på mig. Måske må jeg affinde mig med jysk humor ver. 1.0 et stykke tid endnu.

Jeg kørte mod syd ad landevejen mod Vejle. Det regnede en smule. Hvorfor jeg ikke valgte motorvejen, ved jeg ikke. Eller, jeg ved det godt ...men det er en længere historie.

Mona

En måneds tid tidligere - det var ugen før jul - var jeg atter en gang på vej hjem efter tre dage i Århus. Med toget. Det østjyske landskab var pudret med et let lag sne. Jeg underholdt mig med at holde udkig efter kirkerne i landsbyerne langs banen. Se, hvor forskellige de var. En kirke er ikke bare en kirke. Jeg kiggede rundt i kupeen; den var næsten tom.

Nogle år tidligere var jeg med en sen aftenflyver hjem fra Tirstrup den sidste hverdag før jul. Jeg prøvede at huske årstallene og nåede frem til, at der var gået to og et halvt år siden jernbaneforbindelsen over Storebælt åbnede. Ufatteligt; jeg huskede det som sidste sommer. Så den sidste gang, jeg havde været med en afgang fra Tirstrup kort før jul, måtte være mindst tre år siden.

Der havde også været ganske få passagerer. Stemningen havde været rigtig hyggelig; folk havde smilet og nikket venligt til hinanden ved ombordstigningen. Alle blev artigt siddende indtil 'fasten seatbelt' blev slukket efter landingen, og der blev ønsket glædelig jul på vejen op gennem midtergangen.

De sidste hverdage op til jul plejer kabinen i flyet at være julepyntet: Små hæklede nisser på stoleryggen, eller noget i den retning. Det var der ikke noget af i toget. Jeg spekulerede på, om brandregulativerne i toget kunne være mere strikse end i flyet. Men, nej, det var nok ikke forklaringen på forskellen.

Det var blevet mørkt, da toget nærmede sig Vejle. Fuldmånen skinnede ned mellem de drivende skyer over Vejlefjord, og månelyset glimtede i vandet.

Det var en stillekupé. Jeg hørte ganske svagt musik fra nabobåsen. Først tænkte jeg, at der måtte være skruet meget langt ned for lyden, men da jeg var på toilettet kunne jeg se, at han brugte hovedtelefoner. Så han måtte have skruet meget højt op.

Det var det samme nummer, igen og igen. En smule enerverende; mest fordi der gik et stykke tid, før jeg havde hørt nok til at kunne tyde teksten: Noget med, at det havde regnet på et vindue og dryppet på en kind. Jeg vidste, at hvis jeg blot tænkte på noget andet et par minutter, så ville det komme til mig.

Egentlig kunne jeg godt lide at køre med tog; men jeg kunne ikke lade være med at tænke på, at med flyveren ville jeg på nuværende tidspunkt være et eller andet sted ude over Øresund under indflyvning til Kastrup. Nu havde jeg stadig to timers togrejse foran mig. Der kom et koldt pust ind i vognen, da dørene blev åbnet i Vejle.

Jo - *Vågner i natten* - kom til mig.

Nu blev jeg lidt irriteret over, at jeg ikke kunne høre den rigtigt. Men, jeg kunne jo selvfølgelig bare finde den på min egen pc. Problemet var så bare nu, at jeg lige havde smidt mine gamle, slidte lyttepropper ud, og endnu ikke havde købt nye.

Fuldemandssnak i fjern fortid, i sen nattetime langt over sengetid: *Du sidder i min krop* - hvor bogstaveligt skulle det lige forstås?

Selvfølgelig skulle det da det. Ulv i fåreklæder - den tekst.

Jeg tænkte på Mona. Hun bor i Jelling. Ikke så langt fra Vejle. Jeg kunne stå af toget, og tage en taxi. Men jeg opgav ideen.

Nogle uger tidligere havde jeg Google't hende. Hendes efternavn er usædvanligt, og hun har ikke ændret det, siden vi var børn. Hun er pædagog. Og skriver bøger om sang og dans til børnehaven. Jeg genkendte let billedet af den voksne kvinde. Sidst, vi så hinanden, var vi endnu ikke teenagere. Overvejede at ringe, men det blev ved tanken.

Nu, da jeg sad i toget, og det holdt ved Vejle station, ærgrede det mig, at jeg ikke havde ringet.

Roffe

Vi havde et hul i hækken, naboens datter og jeg. Turen ud gennem havelågen, langs hækken rundt om hjørnet og ind gennem naboens havelåge, var helt uoverskueligt lang. Og da vi betragtede de to haver som et fælles territorium, var hullet en nødvendighed.

Vores respektive fædre var ikke enige med os i vores logistiske dispositioner. Men vi var hjemme om dagen, og det var de ikke.

Hullet blev også benyttet af deres hund. Roffe var en newfoundlænder; stor og sort. Ifølge fars udsagn var han det mest fredsommelige og godmodige dyr, man kunne forestille sig. Hvor Sara og jeg gik, fulgte Roffe efter. Når vi stoppede, lagde han sig med et dybt suk. Når vi fortsatte, rejste han sig straks og fulgte med. Han så det tydeligvis som sin livsopgave at sørge for vores sikkerhed.

Far beretter om et mindre kiks i hans omsorg, som må være indtruffet på et meget tidligt tidspunkt: Han vendte sig, og ramte os med den logrende hale. Vi satte os med et bump på hver sin ble. Det var naturligvis helt utilsigtet, og alle, der kender til hunde, vil vide, at en logrende hale unddrager sig viljens kontrol.

Saras far var pilot og fløj for SAS på kryds og tværs af Europa. Det hændte også, at han kom hjem med amerikanske varer, som på den tid ikke var tilgængelige i Europa. Roffe var hans hund, fra før de blev gift.

Der gik nogle år, vi nærmede os skolealderen, og Saras bror og min søster begyndte at blande sig i vores liv.

En dag døde Roffe. Sara fortalte mig, at dyrlægen var blevet tilkaldt, og havde aflivet ham. Det skete mens hendes far var af sted med en Caravelle til Beirut. Stephens far hjalp med at begrave hunden ude i haven. Saras bror fortalte mig, at Roffe var blevet skåret midt over og begravet i to huller, fordi han var for stor til at være i ét. Jeg funderede en del over den forklaring, men kunne ikke se logikken i den.

4

Samme aften oplevede jeg - på afstand og på den anden side af hækken - for første gang i mit liv et voldsomt skænderi mellem to voksne mennesker: Saras far var netop kommet hjem fra Beirut, og var sønderknust over hundens død. Jeg overhørte også - og det var sikkert heller ikke meningen - mor og far tale sammen om, at Saras mor aldrig havde været glad for Roffe.

Jeg begyndte at ane, at der var foregået noget væmmeligt og samvittighedsløst. Jeg begyndte at forstå, at voksne mennesker kan være onde mod hinanden. Jeg nåede til en erkendelse af, at verden ikke er ideel.

Den aften græd jeg flere timer. Over døden og verdens ondskab. Og over tabet af en højt elsket ven. Far måtte gentagne gange forsikre mig om, at godt nok var Roffe død, men han var ikke blevet savet over i to halvdele.

Nogen tid senere døde Saras far. Han kørte sin bil i havnen fra Langelinie og druknede.

Theis havde kommentaren:

– Stephens far ser det som en kærkommen anledning til at trøste Saras mor.

Jeg tror, han citerede sine forældre.

Skolestart

Vi var ikke så mange børn i klassen, der kom fra Dragør, at vi kunne være en klasse for os selv. De fleste af vores klassekammerater kom derfor fra Store Magleby. Det indebar, at vi ofte tog turen frem og tilbage mellem fiskerbyen og hollænderbyen flere gange i løbet af eftermiddagen for at være sammen med kammeraterne. Vi børn fra parcelhuskvarteret i Dragør var dybt fascineret af gårdene, som vores kammerater i Store Magleby boede på, og de helt nye legemuligheder, det gav. Jeg oplevede også en stor tolerance overfor drengenes leg med, og interesse for, diverse maskiner og installationer på gårdene.

Der var også konkurrence om, hvem der var den første, der prøvede den nye færge til Limhamn. På samme måde som når der kom en ny

James Bond film. Jeg var ikke blandt de første - langt fra.

Endelig kom vi afsted til Sverige. Mor snakkede mest om, at hun skulle købe kaffe og chokolade - fjollet, det kunne man da få nede i Irma. Jeg lagde mest vægt på - ud over at svenskerne kørte i venstre side - at de fleste af bilerne var saab'er og volvo'er. Og at sporvognen fra Limhamn ind til Malmö var grøn! Hvem får den idé at male en sporvogn grøn? Alle ved da, at sporvogne er gule og hvide.

Vi cyklede også ud til Kongelunden og ned til havnen. Og til stranden om sommeren, når vi skulle bade.

En dag legede vi i et nødlandet fly, som lå på en mark tilhørende en klassekammerats familie, lige udenfor lufthavnen ved Dragør Nordstrand. Vi brugte en del tid på at lede efter det sted, hvor pilotens katapultsæde havde siddet, men fandt det ikke. Det har nok noget at gøre med, at det var et passagerfly. Ærgerligt nok blev flyet fjernet allerede dagen efter.

Der var også vintre, hvor vi løb på skøjter på kanalerne på strandengen. Og, trods forbud, ude på sundet. Stranden ved Dragør er meget flad, så man skal meget langt ud fra land, før man ikke kan bunde. Det hændte, at vi gik gennem isen; men det betød blot, at vi måtte vade i land. Dog skønnede vi, at det ikke var hensigtsmæssigt, at disse hændelser kom til vores mødres kendskab.

Vi deltog også i sociale begivenheder. En dag var alle byens beboere samlet udenfor Store Magleby Kirke. Fire politifolk var blevet skudt af en røver. En af politimændene var fra byen, og han blev begravet den dag.

Jeg husker i det hele taget den del af min barndom som noget, der for en stor dels vedkommende foregik udendørs og på cykel. Det var en tid uden elektronisk legetøj, og reelt også uden fjernsyn - det var opfundet, men mængden af udsendelser for børn var meget sparsom.

Far lærte mig at gå på biblioteket. En dag måtte jeg beklage mig til bibliotekaren over, at Dragør Bibliotek ikke rådede over Jules Vernes samlede værker. Jules Verne og jeg delte teknikfascinationen; desværre forfaldt han i passager til uinteressante og irrelevante romancer, men de sider kunne jeg jo bare springe over.

Teknikfascinationen omfattede i det væsentlige transportmidler, der blev fremført på metalskinner. Altså tog og sporvogne. Dragør var i sørgerlig grad berøvet begge disse attraktioner.

Jeg tror, det startede med sporvognene. De havde en helt vidunderlig kobling til begrebet *jul*. Det kom af traditionen i Fars familie omkring *Mortens Aften*: Det var den dag, hvor indendørs vinterselskabelighed startede i det borgerlige københavnermiljø, som Fars familie var rundet af. Og følgelig den spæde start på julen.

Det var helt fast, at familien samledes hos Farmor og Farfar til gås. Rejsen til byen - hele femten kilometer! - startede med Amagerbanen fra Dragør til Sundbyvester Plads. Gamle, skrumlende busser med åben bagperron og en kvalmende stank af cerutter inde i vognen. Farmor omtalte dem som *de gamle strøgbusser*.

På Sundbyvesterplads ramte vi julen! Her var granguirlander med lys! Og butiksvinduer med juleudstillinger! Og ... *sporvogne!*

Linie 2 havde hvidt linienummer på rød bund. Og i konsekvens deraf to røde lanterner øverst foran. En enkelt gang skete det, at jeg fik øje på en *dukkelise*, som var på vej ud ad Amagerbrogade inde fra byen. Far havde absolut ingen forståelse for, at vi burde vente på den. Han mente, at det var bedre at tage den kedelige, gamle scrapvogn, som holdt klar til afgang i vendesløjfen.

Jeg forlangte altid, at vi skulle gennemgå samtlige liniers farvekombinationer. Far forsøgte at undslå sig med tåbelige undskyldinger som:

– *Linie 4 er ikke længere en sporvogn!*

Men derfor kunne han vel godt fortælle mig, hvilke farver den havde haft.

At han fortalte, at linie 10 var *Svenskeren*, tiltalte min humoristiske sans; det måtte jo tilsvarende betyde, at linie 1 var *Danskeren*.

Og videre fortalte han, at han som barn havde kaldt sin tante Kuk for linie 11. Fordi hun havde et grønt og et blåt øje. Det var en omstændighed, som cementerede vore far-søn bånd.

Men så var der en helt urimelige indvendig som:

– *Linie 12 har aldrig været en sporvogn!*

Den næste indvending fik mig til alvorligt at tvivle på hans logiske sans:

– *Linie 17 har ingen liniefarver!*

En eller anden farve må den da have! Og hvis sort på hvid bund var *ingen liniefarver*, så havde linie 3 heller ingen liniefarver. Så bryggede han en helt syg søforklaring om, at linie 17 var en NESA-forstadslinie, og derfor ikke benyttede det københavnske liniefarvesystem.

På strækningen mellem Esplanaden og Oslo Plads udtænkte jeg et skema til opstilling af liniefarverne. Jeg fandt papir og blyant på Farfars skrivebord. Men Farmor havde travlt med et eller andet i køkkenet, og Farfar var gået til bageren efter gåsen. Far vidste ikke, hvor Farfar havde sine farveblyanter. Så mit skema blev aldrig farvelagt; det er iøvrigt også gået tabt, så figuren viser en væsentligt nyere reproduktion.

Figur 1: Reproduktion efter hukommelsen af skematisk opsætning af liniefarverne for Kjøbenhavns Sporveje. Originalen er gået tabt; samtiden har ikke evnet at erkende dens betydning.

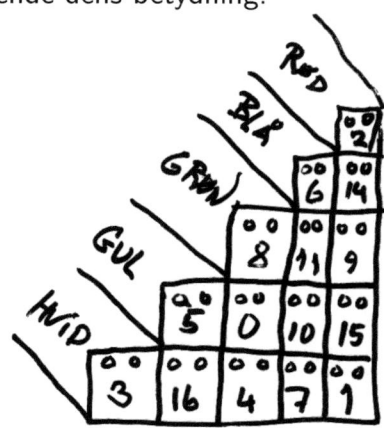

I dag er jeg i stand til at sætte mig ind i, at han formodentlig har opfattet min videbegærlighed som en beslastning. Men for et barn, der voksede op uden TV, uden internet og uden ret mange børneegnede

film i biografen, var lyshavet i byen et eventyr uden sidestykke.
Og sporvognene var en integreret del af helheden.

Tordenvejr

Vi startede i skole. Den lå oppe i Store Magleby, to kilometer væk. Der lå også en skole ganske få hundrede meter væk, men der kunne vi ikke gå. Det havde noget at gøre med forløbet af en kommunegrænse - men den sag optog vores forældre betydeligt mere, end den optog os.

Et par år senere. I Store Magleby. Det havde været en af sommerens varmeste dage. Skjorteflippen kradsede i den solskoldede hud i nakken. Vi havde lige fået fri fra skole, og jeg stod med min cykel udenfor cykelskuret. Overvejede situationen.

Blågrå skyer trak op over Øresund sydfra. Det lynede i horisonten, men tordenen var endnu kun en fjern rumlen.

Jeg trak cyklen hen til Mona. Hun så bekymret ud.

– *Uh, jeg kan ikke lide tordenvejr*, sagde hun.

Jeg betragtede hendes blonde krøller og blå øjne. Selv nu, hvor hun var utryg, smilede hun. Altid smilende. Den sødeste af pigerne i klassen. De høje kindben får hendes øjne til at se en smule skrå ud.

– *Ahr, det er da ikke noget*, svarede jeg, fuldt ud bevidst om, at det ikke lød overbevisende.

Det begyndte at regne. Tunge, våde dråber. Vi blev hurtigt gennemblødte.

– *Skal vi ikke følges?* spurgte hun, og jeg tænkte, at hun måtte kunne læse mine tanker.

Vi fulgtes ad cykelstien ned mod Dragør. Nu tordnede det kraftigt, og jeg ville på den ene side gerne indendørs hurtigst muligt ... på den anden side måtte cykelturen gerne vare rigtigt længe.

Opvask

Bøger var også interessante. Jeg læste bøger, men vel egentlig ikke voldsomt mange. Jeg var mere optaget af, hvordan man lavede dem.

Det viste sig, at en legekammerats far var skolelærer. Dansklærer. Han trænede alfabetet med os. Og han havde en spritduplikator. Jeg havde held til at tiltuske mig nogle spritstencils.

Det var lidt en udfordring at finde ud af, hvordan siderne skulle placeres på arkene for at det kom til at passe i den færdige bog. Men det lykkedes. Og jeg fik duplikeret min bog - jeg har absolut ingen erindring om, hvad den handlede om.

Det næste problem var så, at jeg ikke rådede over en hæftemaskine, der kunne sætte hæfterne korrekt i ryggen. Mine forældre indså ikke betydningen af, at de skaffede mig sådan en. Jeg fandt så ud af, at man kunne sy ryggen på Mors sysmaskine. Jeg tror, oplaget var på fem styks.

Jeg solgte én bog. Til Saras mor. For 1,35.

– *Det er lige til et Anders And-blad* sagde hun.

Mit liv op til dette tidspunkt husker jeg ellers som ukompliceret. Det ændrede sig omkring dette tidspunkt.

Ude fra haven hørte jeg, at Far og Mor havde en meningsudveksling. Ikke et egentligt skænderi, men dog lidt højrøstet. Det endte med at Mor sagde:

– *Det er nu noget, jeg bestemmer. Jeg har forældremyndigheden. Han er min dreng!*

Først på dette tidspunkt gik det op for mig, at det handlede om mig.

– *Det er jo bare et ganske lille snit...* forklarede Far senere ... *og det gør, at forhuden nemmere glider tilbage.*

Det var ikke fremmed for mig, at vi talte om personlig hygiejne. Og om forplantning. Far interesserede sig meget for biologi. Men det her kom alligevel lidt bag på mig.

Endnu senere på dagen kaldte Mor mig ud i køkkenet og skubbede døren til.

– *Nu skal du høre. Far og jeg er blevet enige om, at der er noget, jeg må fortælle dig...* startede hun ... *det er sådan, at Far ikke er din rigtige far. Men du skal vide, at du er, og altid har været, et ønskebarn.*

Den sidste oplysning var sikkert velment, men den havde den modsatte virkning af det ønskede. I mit sind introducerede den muligheden af at være uønsket. Før den tid var den mulighed aldrig faldet mig ind. Hvad ville det egentlig sige, ikke at være ønsket? Hvilke konsekvenser kunne det have?

Og det der med at være et ønskebarn kunne måske også afhænge af, hvem der sagde det.

– *Hvem er det så?* spurgte jeg; jeg var så velorienteret, at jeg godt kunne regne ud, at jeg måtte have en rigtig far. Et eller andet sted.

– *Det må vi tale om en anden dag,* svarede hun. Det viste sig efterhånden, at det var hendes standardsvar, hver gang jeg bragte emnet på bane.

– *Nå, men må jeg så igen gå ud og lege?* spurgte jeg resigneret.

Som årene gik holdt jeg helt op med at spørge hende. En enkelt gang spurgte jeg Far; han svarede:

– *Der var jo ham der russer-fyren.* Og så kunne jeg tydeligt fornemme, at jeg ikke skulle spørge om mere.

Måske var det i virkeligheden sådan, at *alle* omkring mig vidste det, men *ingen* ville fortælle det. Så besluttede jeg, at hvis det var sådan, det var, og hvis min rigtige far heller ikke syntes, at jeg skulle vide noget, så kunne jeg da også bare vedtage, at han ikke eksisterede.

Ved en anden lejlighed overværede jeg et skænderi mellem Far og Mor. Det var formodentlig ikke det første; det var blot første gang, de var så indiskrete. Efter skænderiet gik far ud i køkkenet, og begyndte at vaske op. Han var vred.

Jeg ville demonstrere en form for solidaritet, sådan mand og mand imellem, gik ud til ham og tog et viskestykke fra knagerækken.

– *Du må hellere gå igen...* sagde han *...jeg er ikke godt selskab lige nu.*

Det var ret præcist ved den lejlighed, jeg begyndte at overveje min rolle i familien.

Realen

Da vores forældre blev skilt, flyttede min mor og søster til Herlev. Jeg kom på kostskole, men jeg husker ikke meget om den periode. Efter syvende klasse kom jeg i realen på en anden skole.

Det var vist Herlev Kommune, der foretrak denne løsning, fordi jeg også kunne blive kostelev på der. Det var stadig så omtumlet alt sammen, at det står uklart for mig i erindringen. Det, jeg husker bedst i den forbindelse, var Mors bekymring over, at jeg skulle krydse den stærkt befærdede Bagsværdvej til og fra skole.

Mor må have forhandlet igennem overfor kommunen, at jeg kunne flytte hjem til Herlev; som jeg husker det, nåede jeg ikke at overnatte mere end en enkelt nat på kostafdelingen, før vi hentede mine ting igen.

En af de første dage derefter, da vi havde fri og var ved at gå hjem, sagde Jan forundret:

– *Jeg troede, du var på Haga ... ?*

Jeg forstod ikke, hvad han talte om. Først langt senere blev jeg klar over, at den bygning, som kostafdelingen havde til huse i, hed Haraldsgave - i daglig tale Haga.

Skolen har alle klassetrin fra børnehaveklassen til gymnasiet, men vi var en ny klasse med elever udefra. De fleste af os kendte ikke hinanden på forhånd.

Vores dansklærer hed Lone. Første skoledag skulle vi være i et lille, indeklemt lokale oppe under loftet. Lone var helt nyuddannet lærer, og hun begik en pædagogisk fejl: Hun startede med at fortælle os, inden vi gik op i lokalet, at der var lige akkurat stole nok til os alle, men da der var et ulige antal af både drenge og piger i klassen, så var der altså et par af os, der måtte sidde ved samme bord, dreng-pige.

Det ville nok ikke have været noget problem, hvis hun ikke havde nævnt det. Men nu blev det et problem. Alle masede op ad trappen og tilkæmpede sig pladser, så man undgik at skulle dele bord med en fra det andet køn. På det punkt var pigerne og drengene enige.

Som en af de sidste kom jeg ind i lokalet, stoppede lige indenfor døren, og betragtede sceneriet.

En af pigerne stod bag mig. Langbenet og rødhåret, fregner i hele ansigtet. Jeg stod i vejen, så hun puffede blidt til mig:

– *Lad lige lille mig komme ind også.*

Vi kiggede lidt på hinanden, kendte endnu ikke navnene.

– *Ja, I to skal også finde et sted at sidde*, sagde Lone.

– *Du der fremmede dreng...* sagde den rødhårede ... *kom her, så sætter vi os bare her.*

Når der skulle laves en klasse med elever udefra, han man undertiden have erfaring for, at sådan en klasse kan være en problemklasse. En tre-fire stykker af drengene havde gået på skolen i de mindre klasser. Efterfølgende kan jeg godt have en mistanke om, at nogle af lærerne havde set deres snit til at skaffe sig af med mindre populære elever i deres egne klasser.

Som noget af det første besluttede disse 'gamle' elever sig for at rotte sig sammen mod de 'nye' og give dem en afklapsning i et frikvarter. Jeg tror, det var Henrik, der arrangerede det; han var i det hele taget noget af en bølle. Det skulle foregå oppe i det lille klasseværelse, som lå lidt afsides på en etage oppe under loftet for sig selv. Pigerne blev sluset ud; så det var tydeligt, hvad der skulle ske.

Kamma var helt kortklippet og havde et ansigt, der ikke var meget feminint. Hun gik i skjorte og bukser, og strandede derfor sammen med os drenge. Da hun opfattede, at de andre piger blev sluppet ud af lokalet, protesterede hun:

– *Jeg er altså en pige!*

Så blev hun lukket ud. Men det der med at *hun altså var en pige* måtte hun høre på en tid.

Jeg havde erfaring for, at ved den type hierarkietablerende ritualer er der ikke nogen vej udenom: Hvis man ikke med det samme svarer igen med samme midler, så er det noget, der har varige konsekvenser. Så det gjorde jeg. Meget mod min natur. Og jeg fik opbakning af de fleste af de andre 'nye' drenge.

Det var tydeligt, at de 'gamle' ikke havde forventet at komme så stærkt i undertal. Resten af de to skoleår i realen gav det mig en noget uventet street credit i klassen.

Det var ikke alle lokalerne, der var lige små:

– *Hvis I ikke er kærester, så behøver I to da ikke sidde sammen altid,* indvendte Henrik.

– *Hold din mund og bland dig udenom!* svarede den sædvanligvis rapkæftede Rikke.

Kamma overraskede mig ved flere lejligheder. Første gang var til en fest på skolen kort tid efter skolestart. Hun var klædt fuldstændig som de andre piger. Ikke spor drenget. Det var uvant at se hende sådan. Jeg havde svært ved at genkende hende.

Så spurgte hun mig, om vi skulle danse. Det var der ingen af de andre piger, der gjorde. Så det var også overraskende.

Indtil den aften havde jeg tænkt, at Kamma ikke var særligt attraktiv med det alvorlige og det lidt firkantede drengeansigt og det kortklippede, strittende hår. Men nu, hvor hun smilede, så hun faktisk ret sød ud. Jeg begyndte derfor, når vi så hinanden i klassen, at smile til hende. For at lokke smilet frem igen.

Nick var en del mindre end de andre drenge. Alle i klassen syntes, at han var møgirriterende. Han vil gerne være centrum. Være den styrende i klassen. Ingen mente, at han var et oplagt emne til den rolle.

Så skiftede han taktik. Forsøgte at udse sig en enkelt person som offer. I første omgang blev det mig. Han startede med at fortælle mig, at jeg skulle holde op med at snakke så meget med Kamma. For han var glad for hende, og hun skulle være hans kæreste.

Igen overraskede den ellers så fredelige Kamma. Hun fortalte ham i meget tydelige vendinger, at han ikke skulle blande sig i, hvem hun var venner med. Og at han i øvrigt skulle holde sig så langt væk fra hende, som muligt.

Jeg kunne sagtens genkende mønstret. Jeg havde set det samme før. Og jeg vidste, at det er helt afgørende at stoppe det hurtigst muligt. For det bliver kun værre og værre, hvis det får lov at fortsætte.

Han begyndte at gøre nar ad mig, fordi jeg sad ved siden af Rikke.

– *Det er bare for latterligt, at en dreng sad ved siden af en pige,* sagde han.

Jeg måtte love ham bank, hvis han ikke stoppede. Truslen løste problemet.

Faktisk havde jeg ondt af ham; det var tydeligt, at hans adfærd var et problem. Men jeg kunne jo ikke gøre meget ved det.

Kort tid senere skiftede Nick skole.

Det skete, at jeg sank ind i mig selv i en følelse af afmagt. Så lænede Rikke sig frem og lagde sig halvt ind over bordet. Og lavede trutmund, da hun vendte ansigtet mod mig:

– *Hallo, fremmede dreng! Velkommen til Bagsværd!*

Jeg elskede det, når hun ruskede op i mig på den måde. Bagefter vendte hun sig om mod Kamma og snakkede, til de fik skæld ud af matematiklæreren.

Hun fortsatte hele det skoleår med at kalde mig *fremmede dreng*, når hun ville provokere mig. Jeg tænkte, at det faktisk var ret sødt. Og lidt umodent. Jeg sammenlignede ikke direkte, men jeg havde en diffus erindring om et fortidigt forhold, der havde været mere forpligtende.

Jeg var omhyggelig med at lytte efter, når der var navneopråb. Og jeg prøvede at lave skitser over, hvem der sad hvor, så jeg kunne repetere navnene i løbet af timen. Det forekom mere nyttigt end at træne uregelmæssige engelske verber. Alligevel endte det med, at jeg havde bedre styr verberne end på navnene.

Bagsværd var mit refugium. Mine kammerater levede lykkelige, ukomplicerede, problemfrie tilværelser ... eller ... jeg valgte at tro på, at det var sådan. Jeg vidste stort set intet om dem, og de vidste sikkert tilsvarende lidt om mig. Jeg var på rekreation, og jeg ønskede, at det fortsat skulle være sådan.

Flere af mine klassekammerater lærte jeg ikke engang navnene på før engang i slutningen af anden real. Der havde været så mange mennesker ind og ud af min tilværelse de foregående år, at jeg var nået frem til, at det i de fleste tilfælde var det rene spild af tid at lære folks navne. Der lå en form for beskyttelse i at holde alle på afstand. Kamma sagde det sådan til en klassefest:

– *Det er lidt mærkeligt med dig: Der er dig. Og så er der resten af klassen.*

Kamma reflekterede også over Rikke:

– *Det er sjovt, at du ind imellem bliver helt stille og blid. Og bare sidder og kigger på drengene med sådan et blufærdigt blik.*

– *Det må jeg jo...* svarede Rikke *...for det meste kæfter jeg bare op; men jeg er så meget andet ...*

Efter nogle sekunder tilføjede hun:

– *Og hvorfor siger du iøvrigt 'blufærdigt'?*

Jessika morede sig over Kammas iagttagelser. Hendes kønne pigeansigt havde flere gange forekommet mig bekendt; ikke som Jessika fra klassen, men fra et andet sted i erindringen. Det virkede også bekendt, at hendes stemme var en smule dybere end de andre pigers; på en måde mere voksen. Man hørte hende aldrig råbe op som nogle af de andre piger; min tanke var, at hendes stemme måske bare ikke egnede sig til det. Det var lidt distraherende, at hendes øjne var brune - ikke grønne.

Hun smilede til mig, men det var Kamma, hun talte til:

– *Han er vores Bambi...* igen grinede hun, og så stampede hun i gulvet med sin højre fod *...han kan kalde mig Jonna, hvis han vil det.*

Det var en tilnærmelse. Ikke uvelkommen. Alligevel trak jeg mig.

Det var som en hudafskrabning; på min sjæl. Hver gang, nogen kom for tæt på, eller rørte ved den, smertede det. Og jeg måtte trække mig tilbage. Ufrivilligt. Og med en følelse af, at det ikke var, som det skulle være. Det varede flere år. Først efter, jeg var blevet student, begyndte hudafskrabningen at så småt at læges. Men et ar vil der nok altid være.

Selv om jeg var glad for, at Rikke var der, så forsøgte jeg heller aldrig rigtigt at komme tættere på hende. En dag under en hæftig debat i klassen råbte hun:

– *Nå, og hvad så? Selv om ens far er skraldemand, har man vel ret til en uddannelse!*

Jeg aner fortsat ikke, om hendes far var skraldemand eller bankdirektør ...jeg forsøgte aldrig at finde ud af det. Rikke var Rikke, hun var 'rappenskralden Rikke', min skytsengel. Og så meget andet.

Lektier

Jeg var overbevist om, at det var en fejl, at jeg var kommet på den her skole. Jeg var dum. Den dummeste i hele klassen. Vidste ingenting. Hverken om bøjningen af stærke, engelske verber, eller om hvem der var konge under svenskekrigene, eller noget.

Om eftermiddagen kæmpede jeg med lektierne. Ikke så meget de danske stile ... jeg forstod alligevel aldrig helt formålet med dem. Men matematikopgaverne. De var svære. Og geometrien, knap så svært, men stadig en udfordring. Jeg var flere gange ved at give op. Bare droppe det.

Men jeg kom til at tænke på, at jeg altid ville få lortejobs, hvis jeg ikke gennemførte skolen. Ende nedslidt som fyrreårig. Det var helt nye tanker ... sådan havde jeg ikke tænkt på det før. Jeg ved ikke, hvor det kom fra; forestillingen om, at der var sammenhæng i tingene. Det var der ingen, der talte med mig om.

Retrospektivt kan man vel sige, at jeg på det tidspunkt erkendte, at de seneste to-tre år af mit liv havde været noget lort, og at resten af mit liv også ville blive noget lort, hvis jeg ikke selv gjorde noget for at ændre på det.

Hvorfor havde det været sådan? For første gang reflekterede jeg over sammenhængene og årsagerne. Egentlig var jeg jo glad for at gå i skole. Jeg kunne sagtens se meningen med det - sådan på et overordnet, abstrakt plan.

Men så kom jeg til at tænke over gymnastikundervisningen i de små klasser. I Store Magleby. I hvad der forekom som evigheder skulle vi marchere rundt i gymnastiksalen: *ét - to - ét - to - venstre - højre - venstre - højre*. Stille op og tælle ned gennem kolonnen: *ét - to - tre - fire - ét - to - tre - fire*. Og derefter stille op i fire kolonner. Og *armslængde ret ind*. Hvad skulle det føre frem til? Der måtte vel være en mening med det. Al den kedsommelige eksercits. En eller anden form for belønning måtte det vel føre frem til.

Jeg kunne ikke få øje på meningen. Jeg så mine kammerater lave pjank og pjat. Og få skæld ud for det. Læreren blev vred og handlede i afmagt: Han havde nok også svært ved at argumentere for fornuften i det.

Min reaktion var en anden. Tror jeg. En tom oplevelse af at være underlagt regulativer og forordninger, som ingen kendte formålet med. En oplevelse af at spilde sit liv på meningsløsheder. Gradvist overførtes oplevelsen på andre fag: *Hvad var meningen med 'omsagnsled til grundled'? Og at der skulle sættes krydser og boller og trekanter og firkanter?*

Der var en anden erindring; det var i et køkken, men jeg kunne ikke stedfæste den yderligere. Der blev varmet mælk til kakao. Jeg sad ved et spisebord sammen med en navnløs pige. Måske var hun klassekammerat - men jeg tror det ikke. Det, jeg huskede, var at vi hviskede sammen om betydningen af at tage beslutninger. Om at de ofte har langt større rækkevidde, end man lige forestiller sig.

Erindringen koblede sig gradvist til nogle mere konkrete billeder. Og til hende, der lavede kakao til os. Men så blev den også koblet til følelser af svigt og ensomhed og frygt. Jeg valgte at tænke på noget andet.

Da jeg startede i Bagsværd besluttede jeg at lave et snit: Jeg ville lade helt være med at fortælle nogen af mine nye kammerater noget som helst om, hvor jeg kom fra. Ikke fordi jeg skammede mig over det, men fordi jeg opfattede det som en forudsætning for at kunne starte forfra på en frisk. Jeg havde ingen idé om, hvorfor jeg i sin tid var begyndt på at pjække massivt. Og så længe, jeg ikke vidste dét, så kunne hvad som helst indebære en risiko for tilbagefald. Så derfor måtte alle erindringer om min fortid holdes på afstand.

Det var min Pandoras æske. Eller måske snarere min onde lampeånd. På en eller måde havde jeg haft held til at lokke ånden tilbage i en lampe; jeg vidste blot ikke hvilken lampe: Enhver lampe kunne gemme ånden. Derfor måtte jeg holde mig fra alle lamper.

Det havde den bivirkning, at jeg talte meget lidt med mine kammerater - og helst kun med nogle ganske få af dem. Det blev en vane, som holdt sig de fem år, jeg gik på skolen. Det var en uvant oplevelse, at jeg pludselig slet ikke havde overblik over, hvad der foregik i

18

klassen.

Lærerne var også noget andet, end jeg havde været vant til. Oplevelsen af, at de var ligeglade med os, var væk. De talte til os, som om det havde betydning, hvad vi mente. Det var nyt for mig, og det gjorde en forskel.

Så jeg kæmpede mig igennem opgaverne. Oplevede, at det faktisk var muligt at løse dem. Ikke perfekt, i starten, men gradvist bedre og bedre. Og at det overraskende hurtigt blev lettere.

Hen i mod slutningen af første real blev det en rutinesag, at Kamma og Rikke lånte min blækregning i spisefrikvarteret.

– *Det er egentlig sjovt... sagde Kamma en dag ... da vi startede, troede jeg ikke, at du kunne noget som helst. Men det passer jo slet ikke.* Det må nok være den højeste, faglige anerkendelse, man kan forvente fra en klassekammerat.

Rikke og jeg holdt gradvist op med at være sidekammerater. Hun orienterede sig mere mod de andre piger. Bjørn blev min faste sidekammerat. Han boede også i Herlev, så vi sås en del i fritiden. Det var selvfølgelig hyggeligt, men retrospektivt tror jeg ikke, det var så heldigt: Bjørn var ærligt talt lidt en særling, og selv om jeg egentlig var på vej i en anden retning, så smittede det af.

Jeg fortsatte i gymnasiet efter anden real, på matematisk linie. Kamma blev sproglig. Rikke fortsatte i tredie real; det var hun noget skuffet over, så det satte skel mellem os.

I gymnasiet startede jeg igen i en helt ny klasse. Realklassen havde været en klasse med elever, der var samlet op fra andre skoler. Vi blev spredt ud i andre klasser. De andre realklasser blev så vidt muligt ført videre samlet i gymnasiet, så vi fik de pladser, der var til overs.

Atter engang sad jeg alene i en helt ny klasse. Jeg valgte at resignere overfor det; det var åbenbart min skæbne. At den klasse blev mit længste, sammenhængende skoleforløb med de samme klassekammerater kom følgelig ikke til at betyde, at jeg blev specielt godt integreret i klassen.

Bjørn og jeg fortsatte med at være venner, selv om han ret hurtigt droppede ud af gymnasiet. Bjørns storesøster hed Heidi. Hun var ikke helt uinteressant.

Heidi havde langt lyst hår. De enkelte hår var ekstremt fine og tynde og meget krusede. Ved den mindste brise flagerede håret i alle retninger. Udendørs var det en lang og kompliceret proces at kysse hende. Især i blæsevejr. Og indendørs måtte det jo holdes skjult.

En dag spurgte jeg hende, om hun kunne sidde på sit hår.

– *Det må vi da undersøge*, svarede hun.

Jeg fik til opgave først at rede alle uglerne ud:

– *Av! Du må ikke rykke de længste ud. Det er altså snyd! Så ender håret jo med at blive kortere.* Så jeg måtte være lidt mere forsigtig. Det var første gang, jeg sad så tæt på hende i så lang tid.

Da jeg mente, at håret var redt ud, svajede hun ryggen og lagde nakken helt bagover. Jeg beundrede hendes smidige, slanke krop i den tynde og stumpende teeshirt, men indvendte:

– *Det er også snyd, hvis du ikke retter dig op!*

Snyderiet til trods nåede håret ikke længere end til det bare stykke mellem teeshirt og shorts. Jeg konkluderede:

– *Du er dumpet i at sidde på dit eget hår!*

– *Selvfølgelig er jeg ikke dumpet!*

Hun trak sine shorts ned for at bevise, at jeg tog fejl. Så grinede hun og drillede mig med, at jeg rødmede.

Da hun havde trukket bukserne op igen, trak hun på skuldrene:

– *Det der hår har altid været et problem. Jeg fik det klippet helt kort som lille, fordi jeg blev hysterisk over, at det kildede mig i ansigtet. Så sagde én af pædagogerne i børnehaven, at det var så fint og blødt som pelsen på en killing...* hun stillede sig foran mig med samlede fødder *...i skolen sagde gymnastikæreren, at jeg var kalveknæet. Hvorfor jeg altid skal sammenlignes med en dyreunge, véd jeg ikke. Nu er jeg bare spændt på, om jeg vokser op som en kat eller en ko.*

Hun satte sig på sengekanten ved siden af mig. Jeg så mit snit til at holde hende i hånden. Efter et par minutter fortsatte hun:

– *Eller måske som noget helt andet. Min billedkunstlærer i niende sagde, at jeg ligner en fe...* så tog hun hånden til sig og skubbede til min skulder *...ahr, du er fjoldet. Du sidder bare der og lokker mig til* *at sige alle mulige dumme ting om mig selv.*

En dag talte vi om skolens sexualundervisning. Jeg fortalte om en bog, vi havde i syvende. Den var meget gammel. Der var en tegning, som jeg aldrig rigtigt havde forstået; jeg tegnede den, som jeg huskede den.

– *Jeg kan bare ikke se, hvad der er op og ned,* sagde jeg.

– *Jeg tror nu nok, det hele er ned...* svarede Heidi og fortsatte *... men vi kan da tage ned på biblioteket og finde en nyere bog.*

Vi forsøgte at finde det rigtige kort i skabet med emnekort. Bibliotekaren kom hen og hjalp os, og vi fandt en bog med fotos. Da vi stemplede bogen ud kom bibliotekaren hen til os igen og sagde til Heidi:

– *Kom lige med mig her hen. Jeg har også nogle foldere.*

Der var en folder om prævention og en om kønsygdomme. På vej ud ad døren sagde Heidi:

– *Værs'go. Dem her kan du tage.*

Heidi besluttede sig for at tage flycertifikat. Jeg tror, hun satte bøger på plads på Herlev Bibliotek i flere år for at skaffe pengene.

Det var vældigt praktisk, at jeg netop havde fået kørekort: Så kunne jeg køre hende ud til den flyveplads, der dengang lå i Skovlunde.

Jeg sad en del timer i fodenden af hendes seng og hørte hende i aeronautisk teori. Især morse, som har fascineret mig siden jeg begyndte at læse. Timer, hvor jeg burde have siddet på mit eget værelse og læst kemi eller skrevet fysikrapporter.

Hun fik sit certifikat, men jeg fik aldrig en flyvetur for min møje.

Hun talte også om at fortsætte uddannelsen og blive trafikpilot. Men da hun indså, hvor jammerligt kedeligt det er at flyve lige frem efter næsen time efter time, opgav hun den plan.

På et tidspunkt aftalte hun og jeg, at vi skulle i biografen sammen. Bjørn blev noget stødt over, at vi ikke mente, at han nødvendigvis skulle med.

– *Det er altså helt vildt kikset at være kæreste med sin klassekammerats storesøster!* mente han.

Heidi gav ikke op sådan uden videre:

– *Jeg er født d. 2. februar, du d. 25. november. I samme år! Det tæller altså ikke helt som 'storesøster', på den måde. Vi kunne jo faktisk næsten lige så godt være tvillinger... så* spurgte hun mig ... *og hvornår er du født?*

– *Marts. Samme år*, svarede jeg.

– *Der kan du bare se - Lillebror!* afgjorde hun sagen i et hånligt tonefald.

Vi reserverede tre billetter til 'The Graduate'. Bjørn var dog ikke helt færdig med at være mopset over afvisningen, så i sidste øjeblik besluttede han, at han ikke ville med:

– *Det er vel også bare en klam tøsefilm!*

Så Heidi inviterede sin veninde med - nu vi havde billetten. Veninden var der ikke noget i vejen med, men jeg havde jo tænkt mig det som en slags date.

Slutscenen i filmen, hvor Elaine og Ben sidder på bagsædet i en bus - hun med brudekjole og slør - har jeg altid oplevet som vemodig. På vejen hjem kiggede pigerne på udstillingsvinduer og fnisede. Det var lidt akavet. Forholdet udvikledes ikke yderligere.

Måske er det ikke filmen, der er vemodig.

Bror

Min fætter, Bror, boede på Fyn. Han havde psykiske problemer, var vist skizofren. Og havde et lidt for stort forbrug af hash.

Mor og hans forældre fandt frem til, at det kunne være godt for ham at bo hos os en tid. På det tidspunkt boede vi ikke længere i Herlev, men lidt udenfor Fredensborg, midt mellem Hillerød og Helsingør.

Vi var jævnaldrene, men som følge af de geografiske afstand havde vi aldrig haft ret meget med hinanden at gøre.

Han flyttede ind sidst på sommeren. Det er nok sådan, at jeg på forhånd blev spurgt om, hvad jeg syntes om ideen; men jeg har næppe haft overblik over forventningspresset.

Bror tog med toget fra Svendborg. Vi boede ganske tæt ved et trinbræt. Turen krævede togskifte i Odense, på Københavns Hovedbanegård og i Hillerød. Det krævede nok også skift til og fra færgen i Nyborg og Korsør. Det tager sin tid, men burde være lige til.

Der skete imidlertid det, at da han kom til Roskilde, mente han, at nu havde togrejsen varet længe nok. Roskilde eller København eller et sted i Nordsjælland - det kunne vel komme ud på ét. Så han stod af toget for at tage en taxi det sidste, lille stykke. Som er femogtres kilometer. Jeg tror, det illustrerer hans rastløse sind.

Jeg læste på universitetet, og det var lige ved semesterstart. Der var meget andet, der trak. Og - som sagt - hvad min rolle var, forekom ikke helt klart. Så timingen var måske ikke helt i top.

Omkring samme tidspunkt købte Mormor et sommerhus på Sjællands Odde. Spørgsmålet omkring, hvem der var min far og de nærmere omstændigheder omkring hvordan jeg var blevet til, optog mig stadig. Det var svært at forestille sig, at Mormor ikke kendte noget til historien, så jeg forsøgte at spørge hende:

– *Men, tys da, barn! Det der taler vi ikke om!*

Nej, det kunne jeg ligesom forstå: Det var en ting, der ikke skulle tales om. Mormor var ellers meget talende: Det var sjældent, hun ikke havde noget at fortælle om et eller andet. Så at hun formåede at være fuldstændig tavs omkring dette emne, var sådan set ret bemærkelsesværdigt.

Stengade

Jeg kendte ikke så mange mennesker i Helsingør. Faktisk flere i Hillerød. Men jeg kunne bedre lide stemningen i Helsingør. Der var hyggeligere.

Min tidlige opvækst i Dragør har haft betydning; i Helsingør var der også havn og færge. Det havde været velkendte elementer i min hverdag, som jeg savnede.

Det var en sensommeraften i starten af september. Bodegaen lå bag en grøn port i Stengade. Der var ikke meget plads indendørs, men der var en gårdsplads med borde og bænke.

Ved et af bordene sad en flok meget unge svenskere. En af tjejerna spurgte, om jeg kunne åbne hendes øl. Jeg var lidt negativ:

– *Den har du jo købt på gaden.*

– *Det er väl så klart; det löner sig bättre!* svarede hun med indlysende logik. Hun var allerede halvfuld. De var også noget støjende, det svenske selskab, så jeg rykkede lidt væk, til et andet bord. Der sad allerede nogen andre, men der var plads.

På på snævre plads i gården stod der en stor kastanje. Det var mørkt, og man kunne ikke se kronen direkte. Man kunne se den ved, at der var klare stjerner på den del af himmelen, som den ikke dækkede. Det var mildt og helt vindstille. Der stod glas med lys i på bordene; flammerne var helt klare og rolige.

Der var lidt opbrud ved bordet, men en af pigerne blev siddende. Hun vendte sig om mod mig:

– *Hvor er her skønt. Jeg elsker bare en aften som denne.*

Jeg iagttog hendes ansigt, mens vi talte sammen. Det var tydeligt i stearinlysets skær. Håret var blond med let fald, kort. Meget enkle, rene træk. Tydelige, mørke øjenbryn; de var helt lige og vandrette.

Så begyndte jeg at lægge mærke til hendes smil. Det var for mørkt til, at jeg kunne se hendes øjne rigtigt. Hun talte om en bog, jeg ikke kendte. Jeg lyttede interesseret ... så godt, jeg nu kunne. Den var vist fransk.

– *Nå, nu fik svenskerne besked på at gå...* konstaterede hun ... *kendte du hende pigen? Hun blev ved med at kigge efter dig.*

Vi havde begge tømt vores øl, og jeg var ved at overveje at tage det sidste tog hjem. Men hun kom mig i forkøbet:

– *Jeg henter lige et par til.*

Jeg sad længe alene ved bordet. Kunne se, at hun snakkede med nogle bekendte inde ved baren. Det var tæt på det sidste tog. Overvejede at gå, men synes ikke, at jeg kunne være det bekendt. Men hun havde jo nok glemt mig. Blev alligevel siddende. Det var en meget mild aften, og jeg kunne vel sidde på en bænk nede på stationen, eller gå en tur ud til Kronborg, mens jeg ventede på det første morgentog.

– *Nå, du er her endnu...* sagde hun, da hun kom tilbage med to øl.

– *Ja, mit tog er kørt, så der er ingen grund til at gå nogen steder,* svarede jeg.

Hun trak på skulderen, da hun satte sig og stillede den ene øl foran mig:

– *à qui sait attendre...* sagde hun og så udfordrende på mig, hen over kanten på sit glas ... *Lena, forresten,* hun rakte hånden frem; blød og varm.

Vi sad længe og snakkede. Hun spurgte, hvad jeg lavede, og jeg fortalte om Einsteins teori for stimuleret coherent emission, tredive år før det blev muligt at bygge en laser. Og at astronauterne havde anbragt et laserspejl på Månen, så man kunne måle afstanden derop. Hun ville vide, hvordan Apollo 11 kunne flyve til Månen, hvis man ikke kendte afstanden på forhånd; mens hun spurgte, tegnede hun i luften rumfartøjets bane med fingeren - fra halsen på den ene ølflaske til den anden.

Jeg gjorde mig stor umage med ikke at lyde bedrevidende; det var jo sådan set et udmærket spørgsmål:

– *The Eagle, altså månelanderen, landede faktisk på Månen omkring halvandet minut før planen. Om det så lige skyldtes, at afstanden ikke var bestemt godt nok: Det ved jeg ikke.*

Hun lyttede opmærksomt. Efter spørgsmålet så hun længe direkte på mig - hovedet lidt på skrå.

Vi talte videre om Columbus og om rejser ud i det ukendte. Om mennesker, der gør ting, som andre ikke har mod eller fantasi til at gøre. Om mødet med andre kulturer.

Jeg ville fortælle om Charles Darwin, om hans fund af marine fossiler flere kilometer oppe i Andesbjergene og den betydning, det fik for geologien. Det så ikke ud til at interessere hende noget videre. At hans kritikere påstod, at de var bragt derop af syndfloden, syntes hun, var langt mere underholdende.

I et forsøg på at gentage succesen fortalte jeg om en af evolutions-teoriens modstandere, som havde spurgt Darwin, om han så mente, at han nedstammede fra aberne på fædrene eller mødrene side. Jeg kunne konstatere, at vores sans for humor ikke var helt den samme.

Så fortalte hun om Marco Polo og om politiske intriger. I Venedig og ved khanens hof.

– *Du er mest til naturvidenskab... * konkluderede hun *... jeg synes, mennesker er mere spændende. Mødte Darwin slet ikke nogen af de lokale i Sydamerika?*

Jeg holdt op med at synes, at hendes ansigt var usædvanligt; bare sødt. Mit blik blev ved at vende tilbage til hendes øjenbryn. Var inde efter flere øl. Og snacks.

– *Det er ved at være lidt køligt... * sagde hun så *... jeg tror, jeg går hjem.*

Jeg forberedte mig på afskeden, men hun blev siddende. Vi sagde ikke noget i et par minutter. Så rejste hun sig:

– *Men du kan jo ikke komme hjem. Så skulle du ikke hellere bare gå med?*

Sorte Hest

I week end'en tog vi ofte i byen sammen om aftenen, Bror og jeg. Men der var altid en diskussion, der skulle overstås først: Hillerød eller

Helsingør?

– *Ahr, du vil altid bare til Helsingør, så du kan kisse-misse med hende der* ... *Lene* ... han puffede lidt for hårdt til min skulder. Og så fortsatte han med at prikke hårdt til mig med fingeren ... *Lene* ... *Lene* ... *Lene* ... *Lene* ...

Bror foretrak Hillerød. Det var noget med en lyshåret sygeplejeelev i røde gummistøvler. Denne aften endte det så med Hillerød.

Der var mange mennesker. Vi sad ved bænkeborde. Bror på min ene side og Vivian på den anden. Vivian var en lille - nærmest lidt mager - pige med et meget stort, kruset, lysebrunt hår. Jeg kom til at tænke på Annisette fra Savage Rose.

Vivian havde en hæklet bluse på, som stumpede på maven. Hendes maveskind var rynket og havde strækmærker. På det tidspunkt anede jeg ikke, hvordan kvinder får strækmærker på maven.

Vivian ville danse. Jeg holdt blidt og forsigtigt om hende, fordi hun var så lille og spinkel. Hun krammede hårdt, og holdt sig helt tæt ind til mig. Hendes hår kildede mig i ansigtet - især på næsen.

Efter dansen puffede Bror mig i siden og grinede fjoget:

– *Nu skal du bare se*, han rejste sig og satte sig på en ledig plads ved et af de andre borde. Ved siden af en pige med langt, lyst hår. Jeg genkendte hende på hendes røde støvler.

I lang tid var jeg mere optaget af at snakke med Vivian. Hun talte mest om sin hest. En af de andre piger spurgte til datteren; hende gik det fint med. Så fortsatte hun med at tale om hesten - det var en halvpart.

Der lød en skinger pigestemme ovre fra Brors bord:

– *Nu holder du altså op!* Der opstod lidt tumult, og en tre-fire stykker af fyrene ved bordet rejste sig:

– *Nu kommer du lige med os!*

De trak Bror hen til indgangen, og puffede ham udenfor. Mere skete der vist egentlig ikke.

– *Var det ikke din bror?* spurgte Vivian.

– *Joh, det var det, eller nej* ... *han hedder Bror*, svarede jeg.

– *Nå, på den måde*, svarede hun uinteresseret og samlede sine ting.

Hun var blevet utryg ved, at der havde været uro; hun brød sig ikke om den slags:

– *Jeg må vist også se at komme hjem nu. Mor sitter; hun har morgenvagten i morgen tidlig.*

Jeg fulgte hende hen til indgangen. Udenfor stod Bror.

– *Nå, der kommer du...* sagde han *... vi må også nok hellere finde et andet sted at gå hen.*

Det passede mig ikke helt, at hans affære var blevet til et fælles anliggende:

– *Jeg tror snarere, at vi også nok hellere må gå hjem,* svarede jeg. Bror fulgte slukøret efter mig ned til banegården.

Der gik ikke noget tog lige med det samme. Vi ventede på en bænk på perronen.

– *Hun har spidse bryster, Eliza, under den tynde bluse...* brød han tavsheden *... de er ret lækre.*

– *Du har ret; hun havde nok rejsning,* svarede jeg, langt væk i mine egne tanker.

– *Hvad vrøvler du om? Det er mænd, der får rejsning!*

– *Jah, og piger...* jeg var lige ved at inddrage Lena som eksempel, men her stoppede min blufærdighed mig *... jamen, det siger vi så,* min irritation over aftenens forløb var ikke helt forsvundet. Der var stadig det meste af en time til næste tog.

Dels for at skifte emne, dels fordi jeg var nysgerrig, spurgte jeg ham om hashen. Han forklarede, at det var bevidsthedsudvidende:

– *Du bliver en del af en kosmisk bevidsthed. Individet er en illusion...* forklarede han, men grinede samtidig lidt fjollet, som om han ikke selv tog det helt alvorligt *... vi er alle som små øer i én stor, universel bevidsthed. Universet er intelligent og bevidst. Og hver af os er bare en enkelt lille manifestation.*

Men jeg havde ikke held med at skifte emne; lidt efter var han tilbage, hvor han kom fra:

– *Det er træls.*

– *Det er ... træls?* jeg var ikke helt fortrolig med hans vest-danske slang - men jeg var klar over, at det stadig var Eliza, han tænkte på.

– *Det er altid sådan. Jeg gider ikke mere...* tænksomt mumlede han ... *tager livet af mig.*

Jeg var ikke klar over, om han mente: *det* ... eller: *jeg* ...

Havde ikke lyst til at spørge. Var ikke i humør til en alvorstung samtale. Var måske bare for træt. Eller også ærgrede jeg mig stadig over, at jeg var gået glip af en aften med Lena.

Valget

Til regneøvelsen på Niels Bohr Instituttet havde jeg glemt lærebogen. Det var lidt pinligt at måtte erkende det og bede sidekammeraten om at måtte kigge med i teksten over skulderen.

Bogen var ikke i Helsingør; jeg måtte hjem og hente den om eftermiddagen. Lena spurgte, om hun måtte tage med. Det var vel helt rimeligt, at hun mødte min familie.

Jeg gik straks ovenpå for at finde bogen, og Lena gik om i haven til Mor og Bror.

Det tog lidt tid at finde FOUNDATIONS OF ELECTROMAGNETIC THEORY; den lå i en bunke Valhalla-hæfter. Jeg mødte Lena i haven.

– *Jeg tager hjem nu,* sagde hun blot. Det lignede hende ikke, ikke at give en begrundelse for sine beslutninger. Jeg havde en tydelig fornemmelse af, at jeg stod overfor et afgørende valg.

Jeg besluttede at gå med hende ned til toget.

Vi var begge tavse på vejen tilbage mod Helsingør. Jeg forsøgte at læse noget ud af hendes ansigtsudtryk. Det lykkedes ikke. Tavsheden måtte brydes; jeg forstod ikke, hvad der var sket, men det her var alvorligt. Jeg så for mig, at hun i Helsingør ville sige, at jeg hellere måtte tage tilbage til min familie. Vi måtte ud af dødvandet, hvis det ikke skulle ende rigtigt skidt.

Længe overvejede jeg en formulering, der ikke lød som en anklage. Sådan en fandt jeg ikke; måske findes den ikke i den slags situationer.

– *Hvad skete der?* spurgte jeg endelig et sted mellem Kvistgård og Mørdrup.

– *Jeg er bare ikke vant til at blive talt til på den måde.*

Det var ikke så svært at forestille sig, hvad der var sket. Jeg afventede en uddybning, men efter Mørdrup måtte jeg sige noget igen:

– *Jeg vil ikke undskylde det. Eller forsøge at bortforklare det.*

Kort før Snekkersten uddybede hun:

– *Din mor sagde til din bror, at hvis han ikke forstod det, måtte han hellere forsvinde med det samme. Jeg var så forbløffet over at hun ville have ham til at forsvinde, at jeg kom til at spørge, hvad hun mente med det.*

– *Han er ikke min bror...* svarede jeg *... vi er fætre.*

– *Det er selvfølgelig en form for forklaring. Så var det hun sagde, at jeg ikke skulle blande mig i ting, der ikke ragede mig...* for første gang så Lena op *... og så kaldte hun mig en dum finke!*

Jeg forsøgte at fange hendes blik. På hele turen havde Lena hverken set vred ud eller smilet, men nu var jeg overbevist om, at trækkene omkring munden og øjnene blev lidt bløderе.

Endelig lykkedes det mig at fange hendes blå øjne. Næppe hørbart formede hun ordene med læberne:

– *Je t'aime.*

Jeg efterlignede hende:

– *Moi non plus.*

Da vi kørte ind på endestationen i Helsingør, samlede hun sin mulepose op fra nabosædet, tog min hånd og sagde:

– *Nous sommes chez nous.*

Det lød som den mest selvfølgelige ting i verden. Måske var vores krise aldrig så dyb, som jeg frygtede.

Men vi gentog det ikke. Og jeg gentog det heller ikke senere, med andre kvinder i mit liv. I hvert fald kun nødigt. Som jeg oplevede det, var min kone, efter mange års ægteskab, stadig på tålt ophold den dag, Mor døde.

Død

Bror boede hos Mor en måneds tid eller to. Så tog han hjem til Fyn igen. Min terapeutiske virkning havde været til at overse. Han havde det stadig svært.

Vi havde ikke kontakt de næste par måneder. Det næste, jeg hørte, var, at han var død. Hængt sig. I et pæretræ.

Det var en mørk, lidt blæsende efterårsaften. Lena ventede mig efter arbejde, men de havde længe åbent. Jeg havde også brug for at være lidt alene, så jeg gik rundt nede på havnen, ved Sundbusserne, mens jeg ventede.

Det havde været en sær dag. Først var der forelæsning, og bagefter havde vi to gange regneøvelser: Først fysik og derefter kemi. Den ene af vejlederne havde flyttet timerne fordi han selv skulle fremlægge en opgave. Så jeg havde ikke haft meget tid til at tænke over, hvad der var sket.

Der lå en stor, tom stålkasse ovre på værftet. Den skulle blive til en færge. Der hang lange lyskæder i bugen på den, og hvide svejseflammer glimtede derinde. Jeg kom til at tænke på Jonas i Hvalfiskens Bug.

Lysene spejlede sig i det sorte, olieagtige havnevand. Jeg stod ved kajkanten og så på det. Tænkte på Bror. Hvor var den store forskel? Hvorfor havde hans liv været så meget tungere end mit? Hvorfor var det nu mig, der stod her og tænkte på ham, og ikke omvendt? Har man nogen sinde ret til at vælge døden frem for livet? Jonas havde ikke, men han havde jo også en mission; en opgave i Ninive, der ventede på ham.

Er det de små tilfældigheder, der afgør de store ting? Eller var det hele bestemt på forhånd?

– *Du skal ikke gøre det...* en mand i keddeldragt nærmede sig langs kajkanten ... *det er ikke det værd.*

– *Nej,* svarede jeg blot, og vendte mig bort.

– *Du skal ikke være bange for mig; jeg venter bare på Bundsjussen...* fortsatte han ... *jeg gør s'gu ikke en kat fortræd.*

– *Nej, jeg ved det,* svarede jeg, og forsøgte, uden held, at lyde imødekommende.

– *Det er ikke fremmede mennesker, der er de farligste i dit liv. Det er dem, du stoler mest på, du skal tage dig mest i agt for.*

Jeg gik lidt væk fra kajkanten, og begyndte at gå ind mod land.

– Ja, det var jo ikke for at blande mig. Men jeg håber, du finder nogen at snakke med om det - hvad det så end er, der tynger dig. Klarer du dig? spurgte han.

– Ja, kæresten venter... svarede jeg og tilføjede efter et øjebliks betænkningstid *... Tak!*

Det kom til at lyde lidt kejtet.

– Du skal ikke tage dig det så nær. Ingen pige er dét værd. Du finder snart en anden.

Den aften spiste vi på Færgegården, Lena og jeg.

En kold søndag

Det var blevet vinter. Og søndag. Midt på formiddagen. Koldt var det. Jeg lå op ad skunkvæggen. Der var sikkert frost ude på loftet; enden føltes som om, den var frosset fast til tapetet. Trak dynen ned bag mig, så den dækkede væggen. Den gled ned af Lenas skulder. Så på hendes skulderblad. Og den runde skulder.

I nakken, helt oppe ved hårgrænsen, var der en lille, tynd hårlok ...nærmest bare en tjavs. Ned ad nakken løb en fin linie af dunede hår; den fortsatte ned mellem skulderbladene, fulgte rygraden ned i fordybningen midt på ryggen og endte midt mellem smilehullerne på lænden. *Nu fryser hun,* tænkte jeg og forsøgte at lægge dynen tilbage, men den gled ned igen.

En erindring dukkede op. Umulig at placere i tid og rum. Følelserne kunne sammenlignes; andet kunne ikke. Mindet var blokeret. Af glemte hændelser.

Vi fik ikke sagt farvel.

Jeg undrede mig en stund over, hvad forskellen var. Indså så, at vi var voksne, Lena og jeg.

Lena vendte sig om mod mig med et indladende smil. Provokerende.

Senere lod jeg hånden glide hen over hendes mave. Fandt navlen. Der var en lille rest tilbage af hendes orgasme.

– *Nej, altså...* hun drejede ansigtet lidt væk og kiggede lodret op i loftet, fnisede ... *du ser på mig, mens jeg ligger her og spjætter. Det er lidt ... hm, lidt for frækt.*

Jeg kyssede hendes skulder, og lod navlen i fred.

Lena strakte sig, rullede igen om på den anden side og generobrede dynen. Jeg beklagede mig over, at det var koldt at ligge med det bare skind mod den kolde skunkvæg.

– *Nu må du godt tage pybukserne på igen.* svarede hun.

Jeg løftede blikket ud i stuen og videre ud gennem den franske altandør. Tagene var af gamle, slidte tegl; røde og gule mellem hinanden, med grønt og gråt mos og lav, lidt sne mellem stenene. En kat balancerede på tagryggen med halen lige i vejret. Flyttede benene forsigtigt, et ad gangen; det var nok koldt om poterne. Snoede halen. Bag den Sct. Olais spir, værftet, Kronborg. Sundet var hvidt, også svenskekysten. Himlen var blå.

– *Sulten!...* konstaterede hun ... *du koger æg og brygger kaffe. Jeg holder dynen varm.*

Da vi havde spist, gik vi ned gennem byen. Langs den lange mur rundt om værftet og Danserindebrønden. Hun nynnede lidt for sig selv, og da hun var sikker på, at ingen andre kunne høre hende, sang hun et par linier af en vise:

> *Tous les garçons*
> *et les filles de mon âge*
> *se promènent par les rues*
> *deux par deux*

Det lød sødt:

– *Der må være noget mere; syng videre!*

– *Jeg husker den jo ikke.*

Så nynnede hun lidt videre for sig selv, som for at komme i tanke om resten af teksten. Hun gentog de første linier og tilføjede så:

> *Et les yeux dans les yeux*
> *et la main dans la main*

Nu kunne jeg genkende sangen; den var på en af de gamle singler, hun havde stående. Jeg ved ikke, hvor hun skaffede dem fra; det var ikke nogen de havde henne i pladebutikken. Måske havde hendes far købt dem til hende i Paris. Jeg kunne nu huske noget af fortsættelsen; jeg reciterede - afstod fra at synge:

Oui, mais moi, je vais seule,
car personne ne m'aime

Hun slap min hånd og lagde armen om halsen på mig; trak mit ansigt ned til sit:
– *Det passer i hvert fald ikke!*
Vi gik forbi Nordhavnen. Videre op ad stranden, forbi Marienlyst. Vi havde været forberedt på, at det var koldt. Havde taget rigeligt med overtøj på. Men kulden bed alligevel. Der var is på sundet. Isskruninger langs stranden. Man kunne klatre over dem, men de var glatte. På den anden side var isen nupret af små bølger, som var frosset fast i overfladen. Så der kunne man gå næsten normalt.
– *Har du set dem der? De er gået langt ud; de må da være tæt på sejlrenden!* Jeg forsøgte at retfærdiggøre, at jeg havde lokket hende med ud på isen; her, hvor vi gik, var der ikke dybere end at man kunne bunde.
– *Det er svært at se, hvor langt ude de egentlig er...* svarede hun *...man kan aldrig vurdere afstande ude på vandet.*
Det var en smule besværligt at holde i hånd med fingervanter og luffer på. Og trods flere lag isolering blev fingerspidserne kolde. Jeg tog min ene luffe af og rakte ud efter hendes hånd. Hun lod mig tage den, men sagde:
– *Tager du min hånd bagfra? Som et barn?...* og så smilede hun *...Godt, at Mor ikke ser det!*
– *Hvad mener du? Den ene af os er jo nødt til at vende hånden,* svarede jeg.
– *Det er også bare Mors forvrøvlede, gammeldags sludder: Hun siger, at en kvinde ikke viser offentligt, at hun lader sin mand tage hende bagfra. I sengen.*

– *Du har vendt din håndflade mod min; så det er ikke bagfra*, indvendte jeg.

– *Det er bestemt ikke spor bedre...* hun fortsatte med at grine *... kun en skøge lader manden ligge nederst. Foi de ma mère.*

Jeg holdt fast i hendes hånd, så hun ikke kunne vende den. Vi talte kun lidt - mest for at undgå at få den kolde luft ned i lungerne. Huden i ansigtet omkring munden blev også lidt stiv i kulden.

– *Klarer vi også turen hjem?* spurgte Lena.

– *Vi kan gå op gennem byen. Så er der læ.* svarede jeg.

– *Jah, men det blæser jo ikke! Så tror du ikke, det er lige så koldt oppe mellem husene?*

Vi gik lidt videre for at finde et bekvemt sted at komme i land, gennem isskruningerne.

– *Suis-moi*, sagde hun, og jeg fulgte hende op ad skråningen, forbi Teknisk Museum, og op til trinbrættet på Hornbækbanen. Herfra tog vi grisen tilbage til Sveasøjlen.

Resten af eftermiddagen sad vi i hendes sofa med tæpper omkring os, drak kakao, og forsøgte at få varmen igen. Og snakkede om de lækre ferier, man kunne tage på til varme lande.

– *Hvis, altså, de findes.* sagde jeg.

– *Hvad mener du? Det gør de da!*

– *Jeg har aldrig været i et af dem. Jeg har aldrig observeret dem, og så kan jeg ikke være sikker på, at de findes. Det er som med Youngs dobbeltspalteforsøg.* Lena havde længe talt om Hawaii og Seychellerne og andre eksotiske rejsemål; nu havde jeg behov for at snakke om noget andet.

– *Altså, man kan ikke vide, om noget er der, hvis man ikke har set det?* det var heldigvis ikke så svært at vække hende nysgerrighed. Jeg forsøgte at forklare Youngs forsøg:

– *Han sendte en lysstråle mod en plade med en tynd spalte og så på de mønstre, der blev dannet bag ved skiven. På den måde fandt han frem til, at lys består af bølger.*

– *Ja, lysbølger*, svarede hun med et ironisk blik.

– *Så lavede han en skive med to spalter og så på, hvordan mønstrene så så ud. Mønstrene opstår, fordi lysbølgerne går gennem begge spalter.*

– Det bliver vel bare de to mønstre lagt oven på hinanden. svarede hun. Jeg indså, at jeg havde rodet mig ud i en forklaring, der ville blive lidt længere end jeg først havde tænkt mig. Men Lena var ikke indstillet på at lade mig slippe.

– Nej, det gør det ikke helt. Nogle steder forsvinder mønstrene helt. De to mønstre kan både forstærke og udslukke hinanden. Senere gentog man Youngs forsøg med elektroner. Og her så man præcis de samme mønstre. Det kan kun forklares ved, at hver enkelt elektron passerer igennem begge spalter - på samme måde, som når lysbølgerne passerer igennem begge spalter. Men en partikel kan jo kun være et sted!

– Kan man så ikke bare måle hvilken spalte, de går igennem? spurgte hun - som alle andre, der hører om eksperimentet første gang.

– Det kan man godt. Men så forsvinder mønstrene!... svarede jeg, og nu var det, jeg lige skulle minde mig selv om, hvor det var, jeg ville hen ... *det fysikeren må erkende er, at man ikke kan lave en måling på et eksperiment uden at ændre eksperimentet. Du er selv en del af det eksperiment, du udfører!*

– Og det er det, du mener med, at man ikke kan vide om en ting er der, hvis man ikke har set den?

– Ja, på en måde. Og når du observerer en partikel, påvirker du den. Youngs eksperiment "vil" ikke lade dig se, hvor elektronen er, når den passerer pladen... jeg tegnede gåseøjne i luften ... *det eneste, man ser, er nogle lysglimt på den skive, som elektronerne rammer. Måske er elektronerne der slet ikke; måske er de der bare i vores fantasi! Der er ingen, der nogensinde har set en elektron. Når vi tror, vi ser noget, er det altid bare nogle skygger, vi ser.*

– Det er, som når Sartre siger, at vi selv skal skabe meningen med det hele... jeg kunne se, at hun følte sig mere tryg i sit eget univers ... *i modsætning til dem, som siger, at meningen er der uanset om vi ser den, eller ej. Men hvordan kan du være så sikker på, at elektronen ikke kan gå igennem de to spalter samtidigt? Jung taler om 'acausalité', altså at to hændelser kan optræde samtidigt uden der er nogen årsagsammenhæng.*

– *Men, Jung var ikke fysiker. Han taler vel om noget andet.*

– *Jung var i dialog med Pauli om sine tanker, og Pauli var fysiker. En dag, når I fysikere indhenter de andre videnskaber, må I nok erkende, at der godt kan være en akausal overensstemmelse mellem fænomener, der optræder på forskellige steder,* svarede hun.

– *Tja, jeg ved faktisk ikke noget om deres dialog,* måtte jeg indrømme.

– *Nej, jeg har heller ikke læst Jung på originalsproget; filosofiske konstruktioner lever i en form for symbiose med det sprog, de er formuleret på. Så hvis man læser en oversættelse risikerer man at miste nuancerne; tysk og min hjerne har det bare ikke så godt med hinanden.*

– *Hvad er der galt med tysk?* jeg kunne ikke lade være med at spørge, selv om jeg frygtede, at det var et sidespor.

– *Tysk er som en hård og stiv maskine, med stålbjælker og tandhjul og drivaksler. Fransk er mere organisk; som en krop,* mens hun forklarede gjorde hun bevægelser med hænderne som i en thaidans.

– *Aha! Og hvad så med engelsk?*

– *Engelsk er én, stor rodebutik...* hun lavede et ansigtsudtryk som når man åbner til et pulterkammer, og tingene bare vælter ud *... engelsk er slet ikke et sprog: Det er bare en kæmpe ansamling af ord. Tag nu bare udtalen af for eksempel* **though** *og* **tough**: *De staves næsten ens, men udtales vidt forskelligt.*

– *Og dansk?*

– *Dansk er et protosprog: Der er mange gode elementer i det, det er bare aldrig blevet rigtig færdigt. Svensk er endnu værre.*

Hun grinede lidt; som om hun godt selv kunne høre, det lød lidt fjollet. Så vendte hun tilbage til Jung og Pauli:

– *Som jeg forstår det, havde de en meningsudveksling omkring akausal synkronicitet og pauliprincippet. Altså måske en analogi mellem psykologi og kvantemekanik.*

– *Det lyder lidt som meningsudvekslingen mellem Bohr og Einstein.*

– *Hvordan det?...* spurgte hun undrende *... var de to da uenige om noget som helst? Jeg troede, de var de bedste venner!*

– *Det er nok der, naturvidenskaben adskiller sig fra filosofien. Na-*

turvidenskabsfolk kan sagtens være uenige. Men de er bevidste om, at den store facitliste er dér; lige uden for vinduet. Alle er overbeviste om, at det efterhånden, som tiden går, vil blive muligt at læse mere og mere af den. Der er ingen grund til at vente på, at alt vil blive afsløret i det hinsides. Og sjælens frelse er ikke afhængig af personlige holdninger. Så der er ingen grund til at blive dødelige fjender over det... jeg havde nu behov for at være lidt mere jordnær *... Einstein mente, at alle fysiske størrelser ville kunne forudberegnes til alle tider ud i al fremtid, hvis blot vi var i stand til at måle udgangspunktet tilstrækkeligt nøjagtigt. Og så skulle man, selvfølgelig, også lige finde alle formlerne. 'Vor Herre kaster ikke terninger!' sagde han.*

– Og Bohr var ikke enig med ham?

– Måske nok til en vis grad. Men han mente, at forudsætningen om at kunne måle alle størrelser med uendelig stor nøjagtighed, er fundamentalt umulig. Og dermed bortfalder muligheden for at forudsige alt.

– Så vi kan ikke være sikre på noget som helst. Og der er ikke noget formål. Og det er fuldstændigt ligegyldigt, om vi tror på, at der er en mening med det hele? Er det sådan, naturvidenskabsfolk ser verden? Den der fysik er s'gu da en kold skid! Hendes desperate resignation var tydelig.

– Jeg tror på dig; du er min mening, forsøgte jeg mig beroligende.

– Je l'aime, ça! svarede hun med et selvtilfredst smil. Hun tog et pladecover med en af de franske singler, og holdt det op ved siden af sit ansigt:

– Synes du, jeg ligner hende?

Jeg så på de alvorlige øjne, der kiggede direkte ind i fotografens linse; der var en vis lighed. Og det glatte hår. Ellers ikke.

– Nej.

Hun vendte coveret og så på billedet; trak på skuldrene. Så lagde hun sig tilrette på sofaen med benene hen over mine. Hendes hænder og fødder var blevet varme igen.

Jeg lagde min ene hånd på hendes ankel og vidste ikke lige, hvor jeg skulle gøre af den anden. Den endte øverst på hendes lår. Jeg genkendte det underfundige smil, som fordrede emneskift. Og bekræftede retningen:

– *Hvis issens sirlige man antyder et dydigt sind, hvad antyder så skrævets uglede dusk?*

– *Er det noget, Einstein har sagt?* spurgte hun. Måske en tilsigtet lighed med pladecoverets alvorlige blik; dog på kanten af et fnis.

– *Jeg har ingen kildereferencer. Men han kunne helt sikkert godt have fundet på det.*

Eliza

På indkøb i Hillerød; restauranten var rykket ud på torvet, her kunne man købe øl og ristede pølser. Og sidde i den blege forårssol og småfryse. En lyshåret pige kom hen til mit bord, tøvede lidt:

– *Hej...* jeg genkendte hende ikke lige med det samme; hun havde ikke sine røde gummistøvler på ... *må jeg sætte mig?*

Jeg flyttede mit nyindkøbte fotostativ fra den ledige stol.

– *Du kan godt huske mig? ... nej?...*

– *Øh, joh...* men navnet huskede jeg ikke.

– *Eliza. Er du alene?...*

– *Ja, Lena er på arbejde.*

– *Lena?...* jeg indså, at hun ikke kendte hende ... *Nej, det var ... det var ikke hende, jeg tænkte på.*

Jeg var ved at spørge, hvem hun da tænkte på, men hun var hurtigere:

– *Jeg har længe gerne villet sige undskyld...* servitricen spurgte, hvad hun ville have; det skulle være en Sprite ... *for den aften, på Hesten.*

Så vidste jeg godt, hvem hun talte om. Men det var jo ikke mig, hun skulle sige undskyld til; så jeg svarede ikke på det.

– *Du ved, på sygeplejeskolen har vi også timer om psykiske lidelser...* hun tøvede lidt, så på mig for at se min reaktion ... *og jeg kunne godt se, at din bror ikke er helt ... normal. Jeg blev så flov ... bagefter.*

Jeg vidste stadig ikke, hvad jeg skulle sige. Skulle jeg fortælle hende, at han var død? Men hun fortsatte:

– *Herregud, han gramsede jo bare lidt på mig. Hvis ikke jeg havde været så - forgabt - i den idiot til Casper, så kunne jeg sagtens have tacklet din brors tilnærmelser ... sådan, lidt mere elegant. Jeg er jo slet ikke sådan. Er han forresten din bror? Vivian bliver ved med at sige, at I er brødre, men...*

– *Nej, vi var fætre,* formuleringen med *'var'* satte sig lidt på tværs i halsen. Hun fortsatte med at tale, inden jeg nåede at sige mere:

– *Det mente jeg nok. 'Bror' - det er da et sødt navn...* hun nikkede eftertænksomt ... *når du siger hans navn, lyder det bare som om, du kalder ham 'bror'. Men han siger ikke 'bror' til dig.* Hun sad lidt med hovedet på skrå og så tænksom ud; hun havde åbenbart ikke opfattet min formulering i datid. Så vendte hun tilbage til Casper:

– *Du ved, jeg var jo sammen med Casper. Eller, vi var ikke sammen. Men jeg ville gerne ... dengang ... og han så kun Louise. Jeg var syg af jalousi - det var det hele. Kender du Casper?*

Jeg kunne ikke helt beslutte mig for, hvad jeg skulle synes om hende. Sød og køn, men sådan lidt ... lidt for overfladisk. Selvretfærdig. Hun drak af sin sodavand og talte videre:

– *Hende Vivian, altså, det forvirrede hoved. Og hvad skal hun også med den hest? Det har hun jo slet ikke tid til - med barn, og alting.*

Vivian, nej, hun var ikke det bedst koordinerede menneske, jeg har mødt.

– *Du ved godt, at Vivian har et barn?...* og uden at vente på svar, fortsatte hun ... *Dagmar er en skøn unge; jeg er dødmisundelig.*

– *I andre forsøgte at udspørge hende, den aften, om hendes lille pige; men hun ville hellere snakke hest.*

– *Vivian blev gravid, da hun gik i tiende; jeg gik i 1.g. Alle vi veninder forsøgte at overtale hende til en abort, men det ville hun ikke...* Eliza kikkede op i luften, som om der var noget oppe på et af husene, hun lige måtte se ... *jeg tror, det var hendes mor, der pressede hende til at gennemføre. Vivian var ikke klar til at blive mor.*

Nu, da vi var kommet helt væk fra emnet, kunne jeg slet ikke få

Brors død flettet ind. Eliza var vel sådan set helt okay; hun var nok bare lidt forlegen ved situationen. Var det nødvendigt, at hun fik det at vide? Hvad skulle hun med det? De havde jo ikke kendt hinanden ... egentlig.

– *Men hvornår er man klar?...* hun snakkede videre *... De fleste bliver det nok først, når de står midt i det. Det er bare ikke helt sådan for Vivian. Man har en oplevelse af, at hun ikke erkender realiteterne.*

Jeg havde i den grad vænnet mig til, at Lena gav mig tid og rum til at komme ind i samtalen, at jeg slet ikke vidste, hvordan jeg skulle afbryde Eliza. Inden jeg så mig om, skulle hun videre; hun trak på skuldrene:

– *Nu var det jo Bror, jeg ville tale med dig om. Vil du hilse? Og sige undskyld, fra mig?...* hun samlede sine ting og rejste sig *... Men - nej, nu er jeg for strid! - Jo: Du skal sige til ham, at han skal glemme mig.*

– *Hils Vivian!* svarede jeg. Jeg syntes, det var upassende at takke for hendes hilsen.

Navne

Lenas køkken var, lige som resten af lejligheden, ganske småt. Med skrå vægge og malede skabslåger. Det havde sikkert set sådan ud i hundrede år. Blå og hvide ternede gardiner for den nederste halvdel af de små vinduer; bag gardinerne kunne man se byens tage i tusmørket. Det var skumring.

Så snart vi kom ind fra trappen, og hun havde sat posen med købmandsvarer fra sig på den ene af stolene i køkkenet, gik hun ind i stuen og satte en plade på. I en lang periode var det den samme hver dag; en sød lille vise om ensomhed og længsel efter kærlighed. Om at gå på gaden og se andre være to.

Efter nogen tid kunne jeg teksten udenad. På fransk. Og måtte i smug kigge i Lenas grammatikbøger for at få mening i den. Hvad er forskellem på *ils s'en vont*, og så bare *ils vont*? Måske var det bare for at få versefødderne til at passe.

Hun begyndte så at sætte varerne på plads i køkkenskabene; jeg ville hjælpe hende. Så skubbede hun mig hen til den anden stol ved det lille topersoners spisebord; den uden købmandsvarer. Og sagde, at jeg skulle sætte mig.

Hun strakte sig for at nå op på toppen af skabet med en dåse kiks. Hendes bluse stumpede og blottede den lille, brune plet på hoften.

Da vi havde spist, sad jeg igen ved det lille bord og iagttog hende. Det var muligt at være to om opvasken, men ikke om at sætte på plads. Jeg havde stadig et vådt viskestykke i hånden.

– *Hvorfor hedder du egentlig Lena?...* spurgte jeg ... *er det ikke svensk? - er din familie fra Sverige?*

Hun vendte sig mod mig, med hovedet lidt på skrå. Kiggede på mig med et lille smil. Tav en stund. Det var karakteristisk for hende, at når hun holdt hovedet på skrå, så fortsatte holdningen som en S-formet kurve hele vejen ned til fødderne. Som om det ikke var tilstrækkeligt for hende at udtrykke sine tanker med ansigtet; hun udtrykte dem med hele kroppen.

Hun holdt pegefingeren tyssende op foran hagen og lod den langsomt glide op over læberne, indtil den rørte næsen. Kneb øjnene lidt sammen, da hun så på mig. Med fingeren trykkede hun let mod næsen, så den blev en opstoppernæse. Hun kyssede fingeren. Sammen grinede vi lidt over hendes koketteri.

– *Nej, vi er ikke svenskere...* svarede hun; jeg havde i mellemtiden glemt spørgsmålet ... *far kendte engang en svensk dame, som han ikke kunne få. Hun hed Lena.*

– *Øh, hvordan...* startede jeg, uden at kunne formulere spørgsmålet. Hun satte sig overfor mig. Rørte rundt i sin te. Længe. Eftertænksomt.

– *Du må ikke fortælle det til mor*, sagde hun så.

– *Men, ved hun det ikke? Hvordan ved du det?*

– *Slemme piger roder i deres fædres ting. Og læser breve, som de ikke burde se...* svarede hun ... *jeg var ikke så gammel. Teenager. Han blev lidt vred - meget - men så fortalte han mig om det alligevel.*

Lena løftede blikket. Et øjeblik blev jeg distraheret af de blå øjne.

Hendes ansigt blev alvorligt, men det blev hun bare kønnere af.

– *Jeg tror...* startede hun og tøvede i en kunstpause ... *jeg tror, at det ikke er så ualmindeligt. At drømmen om tabt kærlighed lever videre...* Hun søgte efter ordene, og omformulerede sine tanker ... *jeg tror, at far ville have, at jeg skulle hedde sådan, fordi han aldrig opgav drømmen om svenske Lena.*

Vi var lidt forlegne. Tavse en stund. Det var en smule pinligt; sådan at dissekere hendes fars liv og tanker.

– *Stakkels mor*, tilføjede hun så.

Vi sad længe og så på hinanden. Jeg så på hendes øjenbryn. Lige og mørke. De nåede ikke sammen, men der var en ganske svag linie af små dun mellem dem. Hårene i brynene lå sirligt, parallelt. Når lyset fra lampen over køkkenbordet faldt på hendes ansigt skråt bagfra, kunne jeg netop ane de fine lyse dun på panden og i tindingen.

Hendes øjne er blå. Men ikke bare almindeligt blå. Helt mørke, dybt blå. De trak hele tiden opmærksomheden til sig. Det var svært at fatte, at noget kunne være så blåt.

... *Men ... hvordan kan det være...* startede hun og gik igen i stå; lød fraværende, var vist i dybe tanker. Hun startede forfra: ... *Du fortæller om tiden i Dragør, om Mona. Og du fortæller om skoletiden i Bagsværd, hvor du gik i realen. Og i gymnasiet. Og om Rikke.* Hun kiggede eftertænksomt op i loftet, rykkede lidt frem på stolen. Igen som om, hele hendes krop måtte deltage i de tanker, hun tænkte. En tjavs af hendes pandehår faldt ned i øjnene. Hun pustede den væk, stadig fraværende.

– *Men der er et gab. En tid imellem. Du siger, at du sidste gang så Mona i starten af femte ...*

Her stoppede hun, men uden at lukke munden helt. Som om, hun ikke var helt færdig med spørgsmålet.

Jeg tænkte over det. Hun havde ret. Men jeg kendte ikke svaret.

... *Det er som om, du har ligget i coma. For mig virker det som om, du undgår at tale om de tre år. Hvad skete der i de år?*

Der var brudstykker af en erindring. Men de var usammenhængende. Og i tilfældig orden. De gav ikke en samlet mening.

De var heller ikke rigtigt mine. Som om, en anden havde oplevet dem. Jeg vidste faktisk ikke, hvad de egentlig lavede i mit hoved. Jeg trak på skuldrene. Jeg ville gerne svare hende, men jeg kunne ikke. Jeg var forvirret - havde aldrig selv set paradokset helt klart, sådan som hun satte det op for mig.

– *Du har det ikke godt med det*... hun støttede albuerne på bordet og sænkede hovedet lidt for at kunne se mig under skomagerlampen, som hang lavt over det lille spisebord ... *du må finde ud af hvorfor.*

Hendes øjne var blanke og en lille smule fugtige i øjenkrogene. Hun så alvorligt på mig. Flyttede blikket frem og tilbage mellem mine øjne. Det var så uvant, at jeg måtte undertrykke et lille, nervøst grin. Så lagde hun sine hænder på mine, og sagde:

– *Jeg mener det alvorligt. Det kan godt være, du tror, at du bare kan lade være lade være med at tænke på det. Men det kører rundt et eller andet sted i din underbevidsthed. Og det gør mere skade, end du tror; du må holde op med at fortrænge det.*

Hun slap mine hænder og rettede sig op. Som om hun et øjeblik havde behov for at skjule sit ansigt bag lampeskærmen.

– *C'est la consigne, répondit l'allumeur*, sagde hun så, smilede optimistisk og lænede sig tilbage mod ryglænet på stolen. Mange af hendes små brudstykker på fransk var helt sikkert litterære citater, som jeg bare ikke kendte. Men denne gang genkendte jeg det.

Mor læste den højt for mig, da jeg var barn. Om boaen, der åd en elefant, og forfatterens tegning af den forslugne slange, der lignede en hat. Og om lygtetænderen, der måtte tænde og slukke sin gadelygte en gang hvert minut fordi planeten, han boede på, roterede hurtigere og hurtigere. Jeg kunne bedst lide historien om ræven, som ville tæmmes, så den hver dag kunne begynde at glæde sig tre timer før dens ven kom på besøg.

Mor læste den som godnathistorie. En aften sagde hun, at hun var en utæmmet ræv.

– *Men, Mor, du er jo ikke en ræv!* indvendte jeg.

– *Nej, selvfølgelig forstår du ikke det,* svarede hun. Hun havde ret. Det tog mig mange år at forstå det.

Jeg forstod ikke meget af bogen, men jeg nød alligevel at få læst op af den, fordi den var på fransk. Det betød, at Mor oversatte mens hun læste, så det blev lidt forskelligt hver gang. Jeg holdt af variationen.

– *Hvorfor siger du 'lygtemand'? Sidste gang sagde du 'lampetænder'!*

– *Det gør ingen forskel...* svarede hun ... *det er det samme.*

Hun fortalte, at hun havde købt bogen i Paris flere år før jeg blev født.

– *Hvis du nogensinde flytter til Paris, så skal du slå dig ned på Montmartre. Det er luderne og lommetyvene, der bor der, men de er også flinkeste mennesker!* formanede hun. Og så fortalte hun om Luxembourg-haven:

– *Om eftermiddagen går alle fædrene ned i den her park med deres sønner. Og så sejler de med små både i en sø!*

Hun sagde, at en dag skulle vi to tage derned og sejle med både. Jeg tror, det betød noget for hende at have denne lille hemmelige aftale med mig. Hvis det virkelig var nødvendigt at rejse helt til Frankrig for at sejle med de der både, så måtte det jo være nogle helt fantastiske både.

– *Men, du er jo ikke min far!* indvendte jeg.

Det blev aldrig til noget. Jeg har været i Jardin de Luxembourg som voksen; til min overraskelse ligger den ikke på Montmartre. Og ganske rigtigt: Fædre og sønner sejler med små både, som de lejer hos en mand, der har en kærre med en masse små både. Jeg sad på en bænk en hel eftermiddag og kiggede på bådene og brudeparrene, som skulle fotograferes foran det flotte slot. Tidligt på aftenen kom en meget venlig betjent hen til mig og sagde, at nu var jeg nødt til at gå, for det var parkens lukketid.

Jeg genkendte også oplevelsen af at have fået en opgave, som på en gang virkede meningsløs og uoverskuelig, og samtidig logisk uafviselig.

– *Husker du den aften i Stengade? Da vi mødte hinanden?* spurgte hun så.

Jeg nikkede. Faktisk tænkte jeg tit på den, men jeg var ikke meget for at indrømme, hvor meget den aften betød for mig.

– Jeg var der sammen med nogle kolleger fra banken. Kom du hen til vores bord, fordi du var ... interesseret i mig?

Jeg ville gerne have påstået, at det var tilfældet. Det var det ikke. Uden at tænke over det, eller måske for at række ud efter hende, lagde jeg underarmene flat på bordet med håndfladerne opad; tøvende efterlignede hun mig:

– Jeg elsker dig igen i morgen, men ikke mere i aften, sagde hun med et let kast med hovedet i retning af stuen og tog fat i den ene af mine hænder, idet hun rejste sig.

– Jeg heller ikke, svarede jeg.

Hun holdt mig om nakken, løftede sig op og gav mig et lændekram med læggene, mens jeg holdt fast i dørkarmene:

– Maintenant viens, entre mes reins! provokerede hun.

Snekkersten

Lena talte tit om sin far. Jeg mødte ham aldrig; han var udstationeret i Lissabon. Jeg fik aldrig spurgt, hvad han lavede. Det lød som om, hun savnede ham.

Lenas mor boede i Snekkersten, som er den første station man kommer til med toget fra Helsingør mod København. Det tager få minutter. Hendes hus var en sorttjæret bjælkehytte - 'hytte' er lidt misvisende, det var ganske stort.

Hun tog hen til hende en gang om ugen eller så, og fik et rigtigt bad.

Toget mod Hillerød, som jeg tog med når jeg skulle hjem, standser også i Snekkersten. Så det hændte, at vi fulgtes det første stykke.

Det hændte også, at jeg tog med hen til Lenas mor, i stedet for at tage hjem. Sandt at sige, så handlede det der med at tage hjem mest om at vaske tøj og få et bad. I lejligheden var køkkenvasken den eneste mulighed for noget, der lignede bad og tøjvask.

Lena havde på et tidspunkt benyttet badefaciliteterne på sit arbejde, men det var der en af mellemlederne, der havde opdaget. Så var hun kureret for dét.

Efter badet sad vi på slagbænken ved det store afsyrede spisebord i køkkenet og ventede på tøjet i tørretumbleren. Lenas mor vimsede rundt i køkkenet og gjorde alle mulige nyttige og unyttige ting, som kunne være gjort på alle andre tidspunkter. Hun sagde, at det var dejligt at have sine børn på besøg.

Da jeg første gang mødte Lenas mor tænkte jeg, at Lena jo så måtte ligne sin far. Det betyder ikke, at jeg ikke satte pris på hende, så at hun inkluderede mig i familien som et af børnene, opfattede jeg som en opgradering.

Når hun vendte ryggen til, skiftedes vi til at pille ved hinandens badekåber. Vi følte os ganske barnlige, men det var vi enige om at ignorere.

Lenas mor mente, at det var besværligt at rejse med toget og insisterede ofte på at køre os hjem i sin veltjente, gamle amazon.

– *Ham kan man da regne med...* sagde hun; med *ham* mente hun bilen *...så når I er færdige med jeres cabaretforestilling, kan vi køre.*

Jeg bemærkede, at bilen lignede den volvo 142, som jeg havde lært at køre i.

– *En volvo 142 ligner da overhovedet ikke en amazon.* indvendte Lena.

– *Jo, førerpladsen gør* forsvarede jeg mig. Vi blev afskåret fra at debatere det yderligere, for da vi nåede de snævre gader i bykernen havde vi rigeligt at gøre med at holde os fast på bagsædet. Efter at vi havde taget afsked med Lenas mor udenfor gadedøren, sagde hun:

– *Det er lidt fortvivlende, at hun stadig kredser om, at far forlod hende. Hun føler sig svigtet, men det er altså ved at være ret lang tid siden.*

Jeg var tæt på at spørge, om han fandt en anden svensk dame, men besluttede mig i tide for, at det ville have været upassende i situationen. Da Lena åbnede hoveddøren, spurgte hun:

– *Hvorfor hænger der forresten et halstørklæde her på knagen? Det ligner ikke noget, du kunne finde på at gå med!*

– *Det havde jeg glemt...* svarede jeg *...jeg mødte en gammel klassekammerat på vejen hjem, og så glemte hun det i toget.*

– Men så skal hun vel bare have det igen?

– Ja; problemet er, at jeg ikke ved hvor hun bor. Det var også helt fjollet, at jeg tog det med: Jeg skulle bare have ladet det ligge, så kunne hun have hentet det på hittegodskontoret.

Lena tøvede mens jeg satte poserne med vasketøj ind i stuen. Så smilede hun skævt til mig:

– Din klassekammerat er ikke særligt sofistikeret: Hun lader sit halstørklæde ligge i toget, men glemmer at give dig sin adresse!

Kaos

Lena var gået på tanken efter slik. Jeg sad i sofaen og forsøgte - forgæves - at tage mig sammen til at læse afsnittet om *Poynting Vector*'en til imorgen. Jeg kiggede på hendes reol, og en lille, tynd hvid bog fangede mit blik.

Jeg tog den ned og bladede i den. Der var tegninger i den; de var tydeligt lavet af en voksen, men med en barnlig stil. Der var et billede af et ubestemmeligt dyr med store trekantede ører. Jeg genkendte billedet; jeg havde spurgt Mor, hvad det var for et dyr.

Så havde hun fundet ordet *renard* i teksten og sagt, at det betød *ræv*. Det må hun have gjort mange gange, for jeg fandt let ordet igen. Og så sagde hun, at nu skulle jeg lægge mig til at sove.

Jeg hørte Lena på trappen, og satte bogen tilbage i reolen.

Det var jo ikke fordi, jeg ikke tog mig af, hvad hun sagde.

Jeg huskede brudstykker. Hun hjalp mig - indirekte. Når de dukkede op, brudstykkerne, bestræbte jeg mig ikke længere på at afvise dem - i stedet forestillede jeg mig, hvordan hendes reaktion ville være, når jeg fortalte hende om dem. Så begyndte de at dukke op oftere, men ikke i kronologisk orden:

Om utrygheden på nogle firemandsstuer, hvor ingen voksne tog sig af, hvad der foregik om natten. Om en pige med stort, mørkt hår og alvorlige brune, øjne, som hun så på mig med i lang tid uden at fortrække en mine. Om et meget stille hjem i et lille gult parcelhus og klassekammeraten, som samlede på billeder af de kongelige. Om lange, ensomme eftermiddage et fremmed sted. Om en dreng, som talte om død og ulykke og selvmord, og tit ville høre min mening om forskellige måder at tage livet af sig på. Om en køretur i en politibil en sen nattetime. Om forskellige skoler og forskellige klassekammerater. Om en pige i ny klasse; hun brugte alle frikvarterene de første dage på at vise mig rundt på en fremmed skole; hun havde gule øjne - det så sært ud. Om en tur til Kullen; vi badede. Om dage, hvor jeg tog S-toget ind til København og gik planløst rundt i gaderne i mange timer.

En ting gik igen i alle brudstykkerne: Følelsen af at være ensom, fortabt, hjælpeløs, prisgivet.

Minderne gav ikke nogen mening. Var det overhovedet noget, jeg havde oplevet? Var det fri fantasi? Var det andres erindringer, som ved en eller anden utilsigtet hændelse var endt i mit hoved?

Tankerne gav en ubehagelig panikoplevelse. Hvis de ikke gav mening, hvis de ikke havde en meningsfuld funktion i min tilværelse, hvis de ikke gav andet end forvirring og rastløshed - så måtte jeg jo af med dem. Men når Lena var der, var det enkelt og meningsfuldt. Det var, som om hun sagde: *Du skal bare tænde og slukke din gaslampe, så går resten af sig selv.* Mon de ville forsvinde igen af sig selv, hvis jeg blot kom igennem dem allesammen?

Eller kunne de ties ihjel? Ignoreres? Ville det være bedre? Det sidste gav en déjà-vu oplevelse; det var noget, jeg havde prøvet før. Og det havde jo vist sig ikke at være en god løsning.

Jeg tænkte på Bror. Og hans forklaring på, hvorfor han røg hash. Han prøvede vist nok også andre ting, men det var han lidt mere privat omkring.

Mine tanker gik mere i retning af, at hukommelse måske kunne overføres kemisk fra individ til individ. Måske som en del af arvemate-rialet. Måske som en del af føden. Eller måske som luftbårne molekyler, som vi indånder. Jeg var ikke helt tilfreds med, at jeg havde den slags forestillinger, men jeg var desperat.

Jeg indviede Lena tankerne; hun havde en helt klar mening om dem:

– *des follie ... det her er noget vås...* afbrød hun mig resolut ... *du* er i gang med et universitetsstudie på naturvidenskab; du er naturvidenskabsmand. Hvis du vil arbejde med den slags tanker, så skal du søge viden ad andre kanaler. Det nytter ikke noget at famle sig frem gennem hashtågerne i din fætters vildfarelser.

Hun smilede og klappede mig trøstende på skulderen. Så sagde hun:

– Ahr, jeg bliver bare så træt af at høre på alt det vås, folk finder på... fortsatte hun ... verden er da vidunderlig og fantastisk nok i forvejen, uden at man behøver at forvrøvle det hele med alt det sludder.

Jeg vidste ikke helt, hvad jeg skulle svare; var lidt flov over at have bragt det på bane, for jeg var jo enig med hende. Hun sad og kiggede lidt op i loftet:

– Valdemar var fuldstændig opslugt af det. Han kendte en eller anden fyr, et eller andet sted ude på den anden side af Hornbæk; i Dronningmølle - eller der omkring. Det var vist noget biodynamisk, Rudolf Steiner, noget. Om, at det hele hænger sammen: Livet på Jorden og kræfterne i Kosmos. Man skulle høste og så, og dyrene skulle parres, på bestemte tidspunkter i forhold til planeterne på himlen.

– Men du har da lyttet til hvad han sagde.

– Altså, jeg havde jo ikke noget valg. Han plaprede løs om det hele tiden... nu virkede hun helt ophidset; det må have plaget hende ... en dag kom han hjem og var smurt ind i kolort: De havde fyldt gødning i kohorn og gravet dem ned i marken - for at de kunne virke som antenner for kosmisk energi!

– Modtagere af kosmisk energi - det lyder da ikke helt fjollet, svarede jeg med en filosofisk mine.

– Nej, nu stopper du!... hun rejste sig for at gå ud i køkkenet ... du er ikke en naïv bondeknøs fra ... Vemb ... som behøver at sluge alt det vås råt.

– Det er da sådan, det hele fungerer. Den kosmiske energi kommer fra Solen. Bladene på træerne og græsset på marken virker som antenner. Det kaldes fotosyntese!

Hun lod sig falde tilbage på sofaen med et opgivende suk:

– Du er da den værste drillepind... grinede hun ... kom lige her -

kys mig!

Jeg blev ikke så overrasket over det; jeg havde sådan set forudset hendes reaktion. Min konklusion var, at jeg måtte se bort fra befalingen til lygtetænderen. Jeg var endnu ikke klar, og måtte lade det ligge. Det gjorde jeg så i en del år.

Vasketøj

– Hvis ikke vi lægger det her vasketøj på plads, kan vi ikke komme i seng!

Jeg var midt i APPROXIMATION METHODS FOR BOUND STATES, noget med *Tidsafhængig Pertubations Teori*, og fangede ikke lige sammenhængen mellem vasketøj og muligheden for at komme i seng.

– Det kan jo ikke blive liggende her på sengen, fortsatte Lena.

Jeg indså, at der ikke var nogen vej udenom, og lavede et æseløre på side 290 og satte en blyantsmarkering i marginen. Det kunne vel læses op i morgen på vejen ind med toget.

– Hvis du nu tager dine egne trusser, så tager jeg mine, det lød som en fair handel; Lenas vasketøjsbunke plejede at være tre-fire gange så stor som min. Jeg havde det dog lidt anstrengt med, at hun insisterede på at kalde min underbukser for *trusser*.

Jeg forsøgte at være vittig:

– Dom kallas väl för fan kalsonger!

Lena kom tilbage ude fra køkkenet:

– Jeg hørte ikke lige hvad du sagde; vandet løb.

Så vitsen faldt til jorden. For at være rationel besluttede jeg mig for at dele bunken i dem med gylp, og dem uden.

– De her underbukser har da alt for stor livvidde til, at de kan være mine, jeg holdt et par op, så hun kunne se dem.

– Så er de vel mine, svarede hun.

– Men - det er herretrusser? at kalde dem *herreunderbukser* betragtede jeg som en tautologi.

– Giv mig dem nu bare. Det var en ting mellem mig og Valdemar. Det behøver du ikke vide noget om.

Jeg holdt dem op i luften:

– *De er da også alt for store til dig!*

– *Nej, se nu her...* så tog hun dem og trak dem uden på sine joggebukser ... *de passer da fint!*

– *Snyd!*

– *Det er ikke spor snyd; jeg har bare tabt mig. Mens jeg har været sammen med dig! Jeg får meget mere motion nu; Valdemar er en doven laban: Han gad ikke meget mere end en gang om måneden.*

Jeg holdt om hende mens jeg overvejede, hvordan jeg skulle tage imod det, der dårligt kunne opfattes som andet end en kompliment:

– *Det er der en helt naturlig, biologisk forklaring på: Kvinder er mest attraktive, når de har ægløsning. Altså, en gang om måneden.*

– *Hvorfor virker det så ikke på dig?*

– *Fordi, fordi, det ved jeg da ikke.*

– *Fordi jeg er så attraktiv, når jeg er sammen med dig, at der slet ikke er plads til et månedligt opsving!*

– *Det var da en god forklaring.*

Så besluttede hun sig alligevel for at fortælle om underbukserne:

– *Du ved, Valdemar er den værste mandschauvinist; næsten lige så slem som dig!*

– *Nå, tak!*

– *Nej, det passer da ikke, selvfølgelig er du ikke det...* hun lagde beroligende sin hånd på min arm ... *en dag sagde han, at så længe jeg ikke kunne stå op og pisse på et elektrisk hegn, så skulle jeg ikke komme og fortælle ham noget om fremtidens landbrug.*

– *Altså, det der Rudolph Steiner?*

– *Ja, netop! Så var det, jeg købte de der trusser; underbukserne her.*

– *Ja så, hvad har de med noget som helst at gøre?*

– *Jamen, hør nu efter, uden at afbryde mig hele tiden. Så tog jeg et af hans kohorn; dem, de kommer kolort i.*

– *Og graver ned.*

– *Ja, som antenner, eller hvad ved jeg; det her horn havde så ikke været brugt. Jeg savede spidsen af, så der var hul, og holdt hornet sådan her...* hun tog en kuglepen og stak den ind i slidsen på underbukserne *... og så tog jeg ham med ud på toilettet: 'Kan du nu se, at jeg kan stå op og pisse?' spurgte jeg ham. Det gik ikke særligt godt, jeg skulle nok have øvet mig først. Sikke noget griseri.*

– *Og hvad sagde han så til det?*

– *Jeg spurgte, om han nu mente, at jeg vidste lige så meget om fremtidens landbrug, som ham.*

– *Okay, så, det lyder som om, det var noget lettere end at gå flere år på Landbohøjskolen.*

– *Ja, ikke? Men det har han nu heller ikke gjort. Jeg ved ikke, hvorfor nogen mennesker tror, at de kan springe over hvor gærdet er lavest og kalde sig eksperter på et eller andet humbug, uden at gøre en skid for det.*

Hun hev i underbuksernes elastik for at se, hvor lang den kunne blive.

– *Faktisk tror jeg, at jeg bare trøstespiste for mange vingummibamser og spandauere. Dengang med Valdemar ... jeg var ikke lykkelig.*

Marmaris

Der lå et lille pizzaria nede på torvet, hvor vi hentede take away, når det blev sent. Jeg satte mig ind for at vente; Lena var åbenbart forsinket.

Der var ingen bag disken, men jeg kunne høre stemmer i køkkenet. Jeg lyttede ikke efter hvad der blev sagt. Det gjorde ikke så meget, at det tog lidt tid, når jeg alligevel skulle vente på Lena. Det var ikke et sted, hvor der kom mange spisende gæster.

Der gik nogle minutter. Så kom der en kvinde ind fra gaden. Meget høj, og det var ikke kun fordi hun havde meget højhælede støvler på - det var lige før, hun måtte bukke sig for at komme ind gennem døren. Hun gik rastløs frem og tilbage foran disken og forsøgte at få kontakt med ejeren ude i køkkenet. Efter et par minutter vendte hun sig mod mig:

– *Nå, der er nok røg i køkkenet!*

Jeg smilede til hende, men forstod ikke helt, hvad hun talte om. Jeg havde ikke hørt efter hvad der blev talt om derude.

– *Det er fødevarekontrollen, der er på inspektion. . .* forklarede hun . . . *Imran får det glatte lag. Hør, nu bliver der truet med at lukke biksen.*

Nu kunne jeg godt høre, hvad der blev sagt:

– *Det er altså ikke godt nok, at du tørrer bordene af med den samme snavsede karklud. Se her: Der skal en ren klud til. Hver gang. Og du skal bruge varmt vand!*

Jeg kunne ikke høre, hvad der blev svaret, men den høje kvindes blik var sigende.

– *Og så skal du bære affaldet ud med det samme. Du kan ikke bare lade det ligge her. Det vrimler med rotter i de her gamle rønner!*

– *Nå, det behøver vi vel ikke tage os af. Må jeg sætte mig?. . .* det gjorde hun så, da jeg ikke protesterede . . . *hør, dig har jeg da set før! Sammen med Lena, ikke sandt? Vi har aldrig hilst på hinanden. Er du hendes nye filajs?*

– *Jah, det er jeg vel,* svarede jeg lidt utilpas, og følte mig som en metervare.

– *Vi har kendt hinanden i mange år; vi holder lige en pause. Det der med Valdemar har vi lidt svært ved at lægge bag os,* svarede hun. Jeg vidste ikke, hvad hun refererede til - men havde nok lidt en fornemmelse.

Hun flyttede sig frem og tilbage på stolen og forsøgte at komme til at kigge ud i køkkenet:

– *Så, nu vil han også have bordene flyttet ud fra væggen, ham der fødevarefidusen. . .* hun lænede sig tilbage på stolen og så direkte på mig . . . *Hør, du ser da ret ung ud. Nå, ja, det er jo sådan, Lena kan lide sine mænd.*

Jeg blev en smule stødt. Jeg mente ikke, at der var en upassende aldersforkel. Var lettet over, at hun åbenbart ikke var Lenas tætteste slyngveninde lige for tiden. Hun fortsatte og jeg tænkte over, hvad det mon egentlig var, hun var ude på:

– *Du skal passe på hende; hun er en manipulerende bitch.*

Det der med at blive manipuleret var ikke helt ukendt - men Lena var vel ikke den værste.

– *Ha, det jeg sagde om hende fik dig nok lige til at tænke lidt, hva'?...* hun fortsatte med et grin, idet hun rettede sig op på stolen og drejede ansigtet mod køkkenet *... de laver gode pizzaer her. Det skyldes måske nogle hemmelige ingredienser, som vi helst ikke vil vide noget om.*

Det så ud som om, hun forsøgte at få det, hun sagde om Lena, til at lyde som en ligegyldig bemærkning. Men jeg havde en mistanke om, at den var velovervejet.

– *Nu lyder det som om, inkvisitionen er overstået. Imran får åbenbart lov at beholde sit levebrød denne gang. Har du noget imod, at jeg bestiller først? Jeg skal bare have to dürum med op.* Hun havde allerede rejst sig og var på vej hen til disken.

Jeg kiggede ud ad vinduet efter Lena. Egentlig var det min plan at vente på hende; men pasta carbonara kan vel varmes.

Fluepapiret

Det var en af de første forårsdage. Diset om morgenen, da jeg var på vej ind til byen med S-toget. Ved Nordhavn Station lå tågen over havnebassinet; det gav en helt speciel stemning: Det blågrå lys fra tågen og fra vandoverfladen, og en rød plet i tågen fra en lanterne ved indsejlingen. Jeg så for mig, at det kunne blive et fantastisk foto i to farver. Der er fotomuligheder, som ikke kan genskabes. Man må vente, og håbe, på at de opstår af sig selv. Og typisk har man et ganske kort tidsvindue.

Jeg havde ikke mit kamera med.

Der var forelæsning i første modul, men derefter fik vi at vide, at vores vejleder til eftermiddagens øvelser var sygemeldt. Jeg kunne have valgt at gå til regneøvelser på et af de andre hold, men det er altid noget rod at skifte hold. Så jeg valgte tage hjem - eller rettere sagt: at tage hen til Lena.

Da kystbanetoget passerede Nordhavn, var tågen lettet. Motivet fra om morgenen var væk. Men det var blevet et dejligt solskinsvejr. I Helsingør gik jeg langs havnen og hen til en lille stump sandstrand, der ligger mellem Kronborg og marinaen, og satte mig på en af de store sten i udkanten. Jeg fandt min frokostpakke frem og nød solvarmen på ryggen.

– *Du kommer vel også for at nyde udsigten?* en fyr på min egen alder satte sig ved siden af mig.

– *Øh, ja, den er fin. Man kan faktisk se til Kullen i dag.* Jeg var lidt forvirret over spørgsmålet.

– *Ha - ha! Den er god med dig!...* svarede han og puffede til mig med albuen ... *men jeg skal nok lade være med at sladre. Har du set hende derhenne?*

En yngre kvinde havde sat sig i sandet på et håndklæde, og var ved at trække blusen over hovedet.

– *I frokostpausen kommer de herned oppe fra byen for solen. Men det vidste du jo godt!*

I løbet af nogle minutter kom der flere til.

– *Jeg har set dig oppe i byen om aftenen sammen med Lena...* fortsatte han ... *vi kom sammen for et års tid siden. Hun er en dejlig pige, men hun har jo ikke helt så meget at vise frem som hende derhenne!*

Han gjorde en beskrivende vertikal bevægelse med opadvendte håndflader foran sin brystkasse.

Jeg vidste helt ærligt ikke, at fluepapiret her på stranden var et yndet udflugtsmål for solbadende i forkostpausen, men nu var det svært at forklare min tilstedeværelse på anden måde. I et mandeunivers ville det uundgåeligt komme til at lyde som en utroværdig bortforklaring.

– *Det gik ikke så godt, mellem mig og Lena...* først kiggede han ud over Sundet, så grinede han ... *har du forresten prøvet at have en bolleveninde, der hele tiden beklager sig over, at din dyne er for kort? Og hun mente dynen! Jeg ved da ikke, hvor man får syet en dyne efter mål, hvis man er to meter og fire.*

Han fortsatte med at snakke:

– Du kan være ganske rolig. Jeg ønsker hende ikke tilbage. Du ved, man bliver ganske langsomt halet i land. Ligesom lystfiskerne ovre på færgemolen, når de fanger hornfisk. Man skal ikke rykke for hårdt i linen: Så ryger fangsten af krogen. Men stille og roligt hale ind. Da jeg blev klar over, at det var det, hun var i gang med, så var jeg den, der var skredet.

Jeg var ved at spørge ham, hvad han hed. Men så syntes jeg alligevel, at det var lige meget. Hans oplysninger var uinteressante, så jeg så ingen grund til at holde samtalen i gang. Men det syntes han:

– Se lige hende derovre! Hun er her ikke bare for at nyde solen: Hun er ude efter noget frisk og pirrende. Et kødmarked; det er, hvad det er!... han kiggede sig lidt omkring ... eller hende derhenne med de løse bukser. Bare ved at se på hende kan man føle, hvordan stoffet glider mod den runde, faste, glatte røv. Mon hun også kan mærke vinden gennem det tynde stof? Eller kan hun mærke de fugtige inderlår gnubbe mod hinanden, når hun går?

Han så fraværende ud, mens han sank ned i sine fantasier. Og fortsatte så:

– Men så hende der ... i de stramme stockings? Den røv er da bare helt absurd for stor! Mon hun har tænkt over, at det lyserøde stof er næsten hudfarvet? Hvis nu man bare kigger på røven, og hvordan den skvulper fra side til side, så kan man da godt få en hel god ståpik af det... han holdt igen en åndelig fordybelsespause ... når man spreder sådan et par lår, kan det være svært at finde ind til fissen. Men bare man bliver liderlig, så har de jo allesammen hver deres berettigelse.

Han sprang fra det ene til det andet indenfor emnet. Uden at nå frem til, hvad han egentlig ville sige. Jeg så Lenas irriterede rynker i panden for mit indre blik. Og kunne ikke lade være med at smile.

– Er du klar over, at pikken og klitten er det samme organ? Altså, tidligt i fostrets udvikling. Når man ligger der, med trynen oppe i skrævet og sutter den af på hende, kan man da godt blive en smule impotent ved tanken.

Jeg tror ikke, at han registrerede, at jeg var fraværende; han fortsatte:

– *Med Lena udviklede det sig til det rene tankepoliti. Jeg interesserer mig for udnyttelsen af jordens resurcer og landbrug: Jorden og dyrene bliver totalt udpint. Jeg går ind for biodynamiske dyrkningsmetoder; altså, noget nyt må der ske - vi kan ikke fortsætte på den måde, det kører på lige nu. Men så fik jeg at vide, at jeg var en nar, og at jeg ikke skulle tro på sådan noget vås!...* så skiftede han emne *...nå, frokostpausen varer jo ikke evigt. Så, hej du!*

Han rejste sig og gik tværs over den smalle strimmel sand, og satte sig ved et blåt håndklæde. Hun havde lyst hår, runde kinder og lyserøde trusser. Jeg genkendte hende: Hun er bagerjomfru henne hos bageren på hjørnet, hvor vi plejede at hente morgenbrød om søndagen.

Hendes ben så ikke ud til at være for lange til hans dyne.

Børn?

Vi mødtes uden for banken efter lukketid og fulgtes op ad Bjergegade. Skråede over torvet, hvor træerne var tæt på at springe ud; det var vist akacier de fleste af dem.

– *Sidste torsdag, da vi hentede pizzaer ovre hos Imran, talte jeg forresten med en af dine veninder,* startede jeg konverserende.

– *Hvem, siger du? Jeg har da ingen veninder; ikke nogen, som bor her!* Sagde hun, hvad hun hed? Hvordan så hun ud?

– *Nej, det gjorde hun ikke. Eller også har jeg glemt det. Så ud? ... meget høj. Og ... jeg er glad for, at du ikke bruger make up; i hvert fald, at du ikke bruger det i de mængder.*

– *Det har været Cayenne! Vi er altså ikke veninder. Hvad sagde hun ellers?*

– *At I havde haft en kontrovers omkring en eller anden fyr.*

– *Een? Det underdriver hun da noget. Cayenne er helt umulig med mænd. Når hun selv finder én, så er der straks alt muligt galt med ham. Og når det lykkes en af os andre, så kan hun ikke holde nallerne for sig selv. Og alle mænd bliver dybt fascineret af de der lange ben.*

– *Hedder hun godt nok Cayenne?* spurgte jeg undrende.

– Så, nu skal du ikke bekymre dig mere om hende. Kom lige her hen, så jeg kan holde ordentligt fast i dig; sådan bare for alle tilfældes skyld.

Jeg overvejede, om jeg skule fortælle, at jeg også havde mødt Valdemar. Det måtte være ham, hun referede til; jeg beslutte at gøre det:

– Åh, min fortid indhenter mig!... svarede hun ... Valdemar er noget af det mest ...hvad er det, du siger, det hedder på en computer? Et chipset? Han har et enstrenget chipset! Når vi gik i byen om aftenen, eller for så vidt også bare på gaden om dagen, så kørte hans hoved én algoritme; efter ét overordnet princip:

den har to ben →

den har patter →

den er i den fertile alder ⇒

<u>den har behov for at blive bedækket!</u>

– Patterne brugte han til at frasortere duerne.

Jeg fik lyst til at forsøge at svare med noget vittigt:

– Og det gælder slet ikke mig?

Hun tog fat i et par af mine fingre på den nærmeste hånd:

– I dit tilfælde er det lettere at perspektivere.

Hun gik tæt ind til mig. Drejede hovedet, og så på mig et øjeblik, drejede så hovedet væk igen, talte ud i luften, som om det var tilfældigt:

– Jeg har en tid hos lægen på torsdag; for at få fjernet min spiral... jeg så på hende for at være sikker på, at jeg forstod, hvad hun sagde; hun mente præcis det, hun sagde ...jeg vil have et barn ...avec toi, tilføjede hun.

– Men ... jeg er på SU. Og jeg er 22...

Hun smilede, småløb i små spring hen over torvet foran mig, vendte sig mod mig:

– Det skal du ikke tænke på. Jeg har fast job. Og jeg er 27.

Hun tog mig igen i hånden, og vi fortsatte over torvet mod hendes lejlighed.

– *Du skal bare gøre dine studier færdig...* hun prøvede at få det til at lyde helt ukompliceret ... *så klarer jeg det med økonomien imens.*

– *Pladsen bliver selvfølgelig for trang...* det havde hun ret i: allerede ude på trappeafsatsen måtte jeg dukke hovedet for ikke at støde imod loftsvinduet, når jeg skulle ind ad hendes hoveddør ... *men der er et fantastisk hus ude i Ålsgårde ... Mor har sagt ja til at hjælpe med udbetalingen.*

Det kom lige lidt overvældende; jeg så straks for mig noget med plæneklipning og bilvask søndag eftermiddag, og den slags.

En erindring om noget tilsvarende dukkede op. Den lod sig ikke placere i tid og rum; der var heller ikke knyttet personer til den. Men selve oplevelsen af, at andres interesser var mere afgørende end mine egne, var helt tydelig. Også selv om beslutningerne havde betydning for mit liv.

Lige nu var børn Lenas behov. Ikke mit.

Det var en déjà-vu oplevelse.

Og jeg var ikke klar til en gentagelse.

Gensyn

Det var kort før jul. Med store, røde plastichjerter over gågaden. Vådt og sjappet. Der faldt tunge, våde snefnug.

På torvet var der juletræssalg. Lenas lejlighed lå lige i nærheden, men hun boede der ikke længere. Hun var flyttet for flere år siden.

Så stod hun der. På gaden, foran mig. I vinterfrakke, med en klapvogn. Det virkede så selvfølgeligt; naturligvis var hun der på gaden, i krydset mellem Bjergegade og Sudergade. Jeg havde jo lige tænkt på hende, så det var der ikke noget underligt i.

– *Hvad hedder han?* spurgte jeg, og satte mig på hug, så jeg kom i øjenhøjde med drengen i klapvognen. Han var optaget af at sutte på den ene vantes tommeltot. Jeg følte mig kluntet, men anede ikke, hvad jeg ellers skulle sige. Vi var engang kærester. Og havde ikke set hinanden siden.

Jeg kiggede op på Lena; hun svarede ikke. Ikke lige med det samme.

Hendes øjne var blå og uimodståelige, jeg måtte se på dem. Og kontrasten mellem det blonde hår og de mørke øjenbryn; jeg havde altid været fascineret af den. Hun så mere ... voksen ... ud. Og hun var ikke særligt høj; i min erindring var hun højere. Hendes kinder var også blevet lidt rundere.

Hun løftede armen og trak den tæt ind til sig. Som for at skjule den. Flyttede vægten til det modsatte ben. Så bøjede hun håndledet og pegede ud til siden. Hun så ud af øjenkrogen i samme retning, mod isenkræmmeren på hjørnet.

– *Min mand er derinde...* sagde hun, som om det besvarede mit spørgsmål ... *du må altså ikke fortælle ham, hvem du er.* Hun rynkede panden og rystede på hovedet, næsten usynligt.

Jeg rejste mig, og så spørgende på hende.

– *Du husker - den aften vi talte om mit navn,* hendes ansigt var alvorligt, og vi så hinanden dybt i øjnene. Så trak hun den ene mundvig lidt ned i et lille, skævt smil, og så bort.

– *Jeg husker det...* svarede jeg ... *også lygtetænderen ... og nu har du en søn...*

... *mais ne pas avec toi,* tilføjede hun.

Hun så så lille ud. Og lidt fremmed - som hun stod der og så kærligt på drengen i klapvognen.

Vi krammede kort, inden jeg gik videre.

Eftertanke

Under de lange togture dukkede erindringen om en dreng op. En dreng, hvis skolegang gradvist blev mere og mere ustabil. Det startede i Dragør. Han mistede kontakten til sine klassekammerater. Oplevede, at når han med flere ugers mellemrum dukkede op i skolen, så var pladserne i klassen ændret. Han skulle have ny sidekammerat. Der kom nye elever i klassen, som han aldrig nåede at lære at kende. Der foregik ting i klassen, som han ikke fulgte med i. Han blev en sjælden gæst.

Jeg kom til at tænke på Rikke og på hendes spidse, fregnede næse. Og på, at hun kaldte mig *fremmede dreng.* Ham her, som jeg nu var ved at opsøge, han var virkelig en fremmed dreng.

Jeg forsøgte at finde ud af, hvorfor han ikke gik i skole. Det var en længere proces.

På et tidspunkt i femte klasse flyttede han, og Mor og Søster, til Herlev. Det var i en langvarig fraværsperiode, så der var ikke lejlighed til at tage afsked med klassekammeraterne. Han tænkte, at de må have undret sig over, at han bare forsvandt. Eller måske var han allerede afskrevet på det tidspunkt.

Det medførte rodløshed og rastløshed.

Pjæk

Skolegangen blev ikke mere stabil i Herlev. Tværtimod blev det til tre eller fire forskellige skoler i løbet af et lille års tid.

– *Kan du fortælle mig, hvad er galt?*... spurgte skolepsykologen under de talrige besøg ... *hvorfor vil du ikke hen på skolen?* Hun endte med at konkludere, at det hang sammen med forældrenes skilsmisse. Hun forsøgte at berolige:

– *Det er ikke underligt, at du reagerer på, at dine forældre er blevet skilt. Men det er vigtigt, at du ikke tror, det er din skyld.*

Det er muligt, at skilsmissen havde noget med det at gøre. Han accepterede forklaringen foreløbigt. Og tanken om, at han var ansvarlig, var i hvert fald blevet introduceret. Men jeg tror ikke, det var den egentlige årsag.

Når hun spurgte, var det det nemmeste at skyde skylden på skolen. Den forklaring blev altid accepteret, og han kunne reelt ikke forklare, hvad der ellers var galt. Men det løste ingen problemer; der var ikke noget i vejen med skolerne.

Han oplevede forskellige kulturer. En klasse, i Hjortespring, havde en pigejunta, som styrede hele klassen. I frikvartererne sad drengene i små grupper i skolegården og spillede forskellige spil, mens pigejuntaen gik rundt med hotpants, kraftig make up og lange, bare ben og bestemte, hvem der kunne få lov til at være kæreste med hvem. Om det lykkedes, er nok tvivlsomt, men de havde helt klart en mening om det.

Den fremmede dreng syntes, at pigerne i juntaen var meget fremmedartede. De lignede slet ikke pigerne i Dragør. De var mere ... sådan, stille ... eller, de gik i hvert fald ikke rundt og ville bestemme over hele klassen på den måde. Men det kunne selvfølgelig have ændret sig i mellemtiden.

– *Du der nye dreng, du kan være kæreste med Annie...* bestemte de en dag ... *hun ved heller ikke noget om nogen ting. Så I to passer fint sammen.* Annie var en stille pige, som helt klart ikke var en del af juntaen. Hun ville gerne følges hjem fra skole, og han var også velkommen hjemme hos hende. Det var et meget stille hjem; moren lavede te til dem, og smurte kiks med smøreost. I hele huset kunne man høre uret tikke; det hang ude i mellemgangen. Al samtale foregik nærmest hviskende ... Annie havde ingen søskende.

Hun var sådan set sød nok, men det var lidt kedeligt at snakke med hende. Hun interesserede sig mest for ugeblade med billeder af prinser og prinsesser. Når han prøvede at tale om noget andet, ventede hun tålmodigt imens, og fortsatte så med sin udredning af royale familiebånd.

Der var i det hele taget ingen alvorlige problemer med kammeraterne i klassen ... og for det meste kunne man jo ignorere pigejuntaen. De andre drenge sagde bare *skrub af*, når de kom for godt i gang.

Skolepsykologen stillede mange forskellige opgaver. Ofte med blækklatter på et stykke foldet papir. Hvis man sagde, at de lignede fugle og kaniner og blomster, var hun tilfreds og gik hurtigt videre med næste opgave. Hvis man sagde, at de lignede en blodpøl efter en mand, der havde stukket sine børn ihjel med en stor kniv, rynkede hun panden og stillede en masse ekstra spørgsmål. Hvis man sagde, at de lignede blækklatter, blev hun sur og sagde, at nu skulle man tage opgaven alvorligt. Det var sådan set spændende at udforske, hvordan man kunne fremprovokere de forskellige reaktioner.

Han havde altid været optaget af kryptering. Forskellige måder at lave koder på; oversætte bogstaverne i en tekst, så den blev svær at læse for andre. Flere af kodesystemerne kunne han udenad. En af skolepsykologens opgaver var et antal kodede tekster som denne:

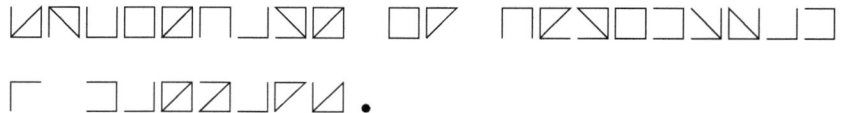

– *Nu skal bare give dig rigtig god tid. Jeg ved godt, at opgaven er svær...* sagde hun ... *men det er vigtigt, at du gør dit bedste.*

Han rynkede panden et øjeblik, mest af teatralske årsager. Så skrev han svarene, uden at tænke sig yderligere om. Det her kodesystem var et af dem, han kunne udenad. Havde leget med det tit.

– *Er du sikker på, det er rigtigt?* sagde hun skeptisk, uden at kigge på dem. Han nikkede, lagde blyanten fra sig og lænede sig tilbage i stolen. Hun sammenlignede hans svar med sin facitliste:

– *Ja, din begavelse fejler jo i hvert fald ikke noget...* sagde hun, og så ned i sine papirer ... *og det er så nok en særlig udfordring for os,* det sidste nok mest henvendt til sig selv. Hvad hun mente med det, forstod han ikke.

Herlev kommune var slet ikke tilfreds med fremmødefrekvensen. Så det endte med, at han blev sendt på kostskole - tvangsfjernet.

Skolestart påny

Indgangen til klasseværelserne var i et hjørne af skolegården. Det var en lille dør, der mere lignede indgangen til en kældertrappe. Den var klemt inde i en krog, lige ved køkkenet.

Der var en smal gang, som knækkede til venstre, og på venstre side af gangen lå klasseværelset. Det var trangt, med to rækker af de gammeldags skolepulte med fast bænk. Pultene var for små, han skulle kante sig ind på plads. Han tænkte, at hvis han voksede bare en lille smule i løbet af timen, så ville han ikke kunne komme ud igen.

Den første time på kostskolen var engelsk. Engelsklæreren startede timen med at betragte klassen, stående lige indenfor døren, iført hat og skulderkappe med rødt foer. Begge dele blev derefter hængt op på knagerækken bag døren, inden timen kunne begynde. Han lod sig kalde Majoren.

– *Du er den nye dreng...* konstaterede han ... *lad os høre, hvad du kan.*

Han indså ikke med det samme, at det betød, at han skulle læse op af lektien. Det udløste en uafbrudt strøm af skældsord fra Majoren - Freddy måtte puffe ham i siden:

– *Du skal bare starte med at læse op. Så stopper han!*

Og det virkede - overraskende nok.

Skolegården var et mudret stykke jord, hvor der var fyldt grus i de værste huller. Den var afgrænset af et forfaldent raftehegn og et stakit, der lignede det man bruger om hestefænder.

To af pigerne fra klassen stod ved stakittet, tæt ved døren. Den ene græd. Den anden havde langt, lyst hår; hun stak benet frem og spændte ben for ham, da han gik forbi:

– *Hej, du der, du er ny. Hvem er du?*

Det svarede han på da han havde genfundet balancen.

– *Det her er Maiken. Hun har brug for en kæreste.*

Maiken havde et stort, mørkt, let bølget hår og mørke, brune øjne.

De kiggede på hinanden. Hendes ansigtsudtryk sagde noget i retning af *du kan nok se tidspunktet ikke er velvalgt; lad os tale om det en anden gang.*

Denne anden gang kom ikke lige med det samme. At lære Maiken at kende var noget, der tog sin tid. Hun græd tit. Og når hun gjorde det, blev hendes ansigt ophovnet, og hendes øjne forsvandt næsten i et par tynde sprækker.

Møgungen

Hver fjortende dag var det lang week end, hjemmeweekend. Der var bustransport til Hans Knudsens Plads på Østerbro. Herfra tog han S-toget fra Lyngbyvejen Station til Herlev.

Det var altid vigtigt for Maiken at stå helt fremme i forenden af bussen, når de ankom. Chaufføren blev sur og skældte ud. Hun skulle sidde på sin plads, når bussen kørte. Men det tog hun sig ikke af.

Den fremmede dreng vidste, at hun ville se, om hun blev hentet. Som regel blev hun ikke hentet. Men en sjælden gang blev hun hentet af en mand. Det var sådan set ok. Det skete også, at hun blev hentet af en anden mand. Det var også i orden. Hun blev aldrig hentet af sin mor. Maiken havde fortalt om sin mor:

– *Hun går nødigt udenfor lejligheden; hun kan ikke lide fremmede mennesker.*

Det skete også, at begge mænd var der for at hente hende. Det var rigtigt noget lort. Hun fortalte ham, hvad der så skete; hun gengav ordret sin mors formulering:

– *Så længe de gider tæve én, bare engang imellem, så ved man da, at de bryder sig om én. Lidt.*

Drengen spurgte også, hvor hendes far var.

– *Det kan meget vel tænkes, at den ene af dem er min far*, svarede hun.

En mandag morgen, hvor de skulle med bussen fra Hans Knudsens Plads, blev Maiken fulgt derhen af en kvinde. Da hun kom op i bussen, ville hun sidde ved siden af ham. Hun ville have vinduespladsen.

– *Det var min tante*, forklarede hun kort, da de var kommet et stykke ud ad Lyngbyvej. Det var stadig mørkt; hun tegnede figurer på den duggede rude. Han var stadig lidt forundret over, at hun ville sidde ved siden af ham; det gjorde de normalt ikke. Kiggede lidt på hende, men fornemmede tydeligt, at hun bare skulle have lov til at være i fred.

Der gik endnu nogle minutter.

– *Du ved godt, at det ikke var min tante, ikke også?*... sagde hun så, uden at vende ansigtet bort fra vinduet ... *hun er fra kommunen; de tager sig af mig, når mor ikke har det så godt.*

Hun vendte sig halvt om imod ham. Tegnede med fingeren i plydsen på ryggen af sædet foran, og sagde stille:

– *Man får det vel, som man har fortjent.* Det var nok også et citat.

Hendes stemme lød trist. Hun var ikke glad.

– *Hvorfor siger du det?...* spurgte han ... *hvordan har du fortjent ikke at have det godt?*

– *Du skal ikke lade dig narre af de brune slangekrøller og de bedårende dådyrøjne,* svarede hun. Et kort øjeblik fortsatte hun sin tegning på hans knæ, men så trak hun hånden til sig igen; de lod begge to som ingenting.

– *Jeg har spurgt Mor, hvorfor der altid skal være al den ballade. Så siger hun: 'Altså, min pige, hvordan vil have, at jeg skulle kunne betale min købmandsregning hvis jeg ikke vidste, hvornår det lønner sig at sprede lårene?'*

Hun løftede hånden. Lod den falde tilbage på sit knæ. Så løftede hun den igen, rakte ud efter hans øre og vendte hans ansigt imod sit. Det meste af tiden lå hendes øjne i mørke, men når lyset fra de passerende gadelygter ramte hendes ansigt gennem vinduet i loftet, lyste de op i et brunt glimt. Så spurgte hun:

– *Sig mig engang, hvordan går det til, at du ingenting ved? Er du dumpet ned fra Mars?*

De var igen tavse et stykke tid. Så sagde hun, nærmest for sig selv:

– *Når jeg en dag holder op med at være en rådden møgunge, og kan komme væk fra den her skole, så vil jeg rejse med dig til Mars.*

Freddy

Den første tid, han var på skolen, boede han på en firesengsstue. Men så flyttede han ovenpå sammen med Freddy. Det var noget med hvilken klasse, man gik i, om man skulle bo på firemandsstue eller tomandsstue.

Da de første gang var alene på værelset, begyndte Freddy straks at tale om Maiken:

– *Jeg synes hun er sød, bare lidt mærkelig.* Den fremmede dreng var splittet i sin loyalitet; kunne godt se, der var noget om det, men syntes alligevel, han burde forsvare hende. Men Freddy fortsatte:

– Det er bare det, at hun aldrig er glad. Hun ser lige på en, med de der mørke øjne ... og så ser hun altid vred ud... Freddy tegnede med sine pegefingre fra næseroden op over panden i en skrå vinkel for at vise, hvordan hendes øjenbryn så ud ... sådan ... så man bliver helt bange for hende.

– Jeg tror ikke, hun er vred... prøvede han at forsvare hende ... det er bare sådan, hun ser ud. Sådan lidt sydlandsk - som en spanier, måske.

– Og hvad så med Tine? William siger, at det er helt umuligt at lade være med at fantasere om hendes barm.

Kun Freddy kunne finde på at sige barm. Patter eller bryster eller nødder: Barme er noget, ammende mødre har; ordet giver slet ikke mening, når man snakker om tøserne fra klassen.

– Hun er høj, det er flot... han ville gerne sige mere pænt om hende, men det lykkedes ikke så godt ... det ser næsten ud som om benene er for lange til, at hun kan styre dem. Det er stift og vaklende, når hun går.

Freddys tanker var altid overraskende; de skiftede hele tiden retning:

– Tines hår er tyndt; man kan se skindet inde under oven på hovedet ved skilningen. Tror du, når nu Jonna har det der tætte og mørke hår, og også har de der meget tydelige øjenbryn, at hun så også har en flot dusk mellem benene?

Jonna så så lillepiget ud, at han havde svært ved at forestille sig det, og Freddy vendte straks tilbage til Tine:

– Hun har den der knop i panden... han pegede på sin pande ... hvis den havde siddet lidt til den ene side, eller til den anden, så ville det ikke have gjort noget. Men den sidder lige midt i; det ser ud som om, hun vil stange dig med den, som en enhjørning!

Lige netop det der med at associere til en enhjørning måtte være en helt særlig Freddy-ting.

Efter en pause fortsatte han med at tale om Maiken:

– Maiken, altså ... hun er tyk i ansigtet ... hendes hage er også alt for stor. Det er ligesom med Jonna, det ser også lidt sært ud.

– *Hvordan sært? Jonna har da en ganske almindelig, lille rund hage.*

– *Ja, men så den der kløft, som man har lige under næsen: Den fortsætter ned på Jonnas hage...* Freddy mistede let tråden i det han ville sige ... *men det var ikke det; Jonnas overlæbe er bred på midten, så den når næsten helt op til næsen. Den er ligesom trekantet. Hun bliver bare så sur, når man siger det.*

– *Hun bliver da ikke sur; jeg har aldrig set Jonna blive sur. Jeg tror, hun bliver ked af det. Du ved, piger bruger al deres tid på at se efter, om der er noget på deres krop eller i deres ansigt, som ikke er perfekt. Hun har sikkert selv lagt mærke til det, du siger, med læben. Og når du kritiserer den, så bliver hun ked af det. Jeg synes ikke, der er noget grimt ved hendes mund.*

– *Den ser ud som på gamle postkort med damer, der har taget for meget læbestift på; der er ingen andre på skolen, der ser sådan ud. Måske lidt Georg; han lukker bare ikke munden, så man ser hele tiden hans fortænder.*

En uventet trang til at forsvare Jonna kom op i ham:

– *Jonnas mund ser ud, som den gør, fordi sådan ser Jonnas mund ud. Og Jonna ser sød ud med den mund, fordi det er Jonnas mund...* det kom til at lyde som noget vrøvl, der kørte i ring; så han prøvede at rette op på det ... *jeg synes bare, du skal lade være med at sige til hende, at hun ser underlig ud. Hun er en sød pige, og der er ingen grund til at gøre hende ked af det.*

Freddy havde sin egen sans for retfærdighed, og han gav sig ikke så let:

– *Men man må ikke lyve; man skal være sandfærdig. Jeg kan desuagtet godt lide hendes hår. Det er hverken brunt eller sort, men sådan der mørkt gråt, og helt glat og blankt: Det er bedårene.*

– *Jeg synes bare, du skal sige, at hendes hår er kønt - og lade være med at sige noget om munden.*

De talte ikke mere om piger den dag, men et stykke tid senere vendte Freddy tilbage til emnet:

– *Hun - Maiken - skræmmer mig, når hun fortæller om, hvordan de slås derhjemme.*

Nysgerrig efter at få belyst sagen fra en anden kilde, spurgte han hende i et frikvarter:

– *Freddy? Han er sød nok... svarede hun ... vi snakkede en del sammen, da han lige var startet på skolen. Men han siger sådan nogen underlige ting. Om væsener, der går rundt ude i skoven. Og om sin bror, der sidder i ... børnefængsel?!*

Hun sad lidt og så ned i jorden; tegnede med den ene skosnude i gruset:

– *Jeg holdt op med at tale med ham, fordi jeg blev ked af det - kom i dårligt humør. Men jeg tror ikke, han mener noget ondt med det.*

Hun strøg hans hår væk fra panden - måske for at få ham til at se hende i øjnene. Hun rynkede brynene og så alvorlig ud; når hun gjorde det, var det umuligt at se væk.

– *Freddy tror på spøgelser. Det er uhyggeligt! Tror du på spøgelser?* spurgte hun så.

Egentlig troede han slet ikke på Freddys spøgelseshistorier. Men han så, at hun havde behov for noget mere end bare, om han troede på dem eller ej.

– *Jeg tror, at hvis man vælger at gøre noget dårligt mod en anden, så gør man det endnu værre for sig selv. Det er som når man vælger at gøre noget godt for en anden: Så bliver alting meget bedre for én selv. Bare omvendt. Måske er det derfor, spøgelser er så sjældne: De vil hellere have det rart.*

Hans hår var ved at blive lidt halvlangt. Nu snoede hun en af hans lokker om sin finger, mens hun hvilede hånden på hans skulder - på samme måde, som hun plejede at gøre med sine egne.

– *Dine tanker er bedre end Freddys. At tale med dig er som at få et sjælekram - det er meget bedre end et rigtigt kram.*

De blev siddende lidt, der på bænken i skolegården. Den var våd af regn, men de skulle snart ind til time igen. Så det gjorde ikke så meget, det korte øjeblik.

– *Jeg synes ikke altid, det er så sjovt - de ting, der sker,* sagde hun, da de rejste sig for at gå ind. Og igen så hun på ham med de

70

der fantastiske, mørkebrune, viljefaste øjne. Hun smilede ikke, eller så bedrøvet ud. Hun så bare. Granskende.

Maiken

Maiken talte meget lidt og smilede aldrig. Det var i hvert fald det indtryk, den fremmede dreng havde af hende de første par måneder. Så en dag begyndte hun alligevel at tale med ham. Og han fandt ud af, at det ikke passede, at hun aldrig smilede. Men det var et ganske særligt minimalsmil. Hvis man lyttede efter, hvad hun sagde, og fandt ud af, hvad der optog hende, så kunne man også godt se, at der ind i mellem var et smil i hendes ansigt. Det så ud som om, hun bekæmpede det, ved at trække mundvigene nedad. Men det brød det alligevel igennem, ganske kortvarigt. Det var ikke et smil, der var tiltænkt alverden; det var et smil for de udvalgte få.

I frikvarterene sad de af og til sammen på en bænk i en krog af skolegården. Hun tog fat i hans overarm, og holdt fast i den som for at sikre sig, at han ikke forsvandt.

En dag lænede hun sig ind mod ham og kyssede ham; han blev overrasket.

– *Det var nok noget nyt...* sagde hun ... *du siger bare til, hvis vi skal gøre det igen.*

Han opdagede også, at hun slet ikke var mut og tavs. Hun talte bare meget stille, og så ham alvorligt i øjnene imens. Måske talte hun kun når hun var sikker på, at der var nogen, der lyttede efter.

– *Taler du meget med William?* spurgte hun.

– *Nej, ikke specielt...* hjertet sank i livet på ham; var det i virkeligheden ham, hun var interesseret i? ... *hvorfor vil du vide det?*

– *Ikke mig. Katja.*

– *Mener du ikke Tine? Han spørger mig altid om hende.*

– *Selvfølgelig mener jeg ikke Tine. Katja er min bedste veninde. Det er Tine ikke!...* svarede hun med eftertryk på 'ikke' ... *så jeg tager ikke fejl.*

Klokken ringede og han tænkte, at det måske var hans eneste chance. Han kyssede hendes mund lidt skævt; det krævede nok lidt mere øvelse. Hun klemte hans overarm lidt fastere, men slap den igen inden de gik til time.

De andre i klassen sagde, at nu var de nok blevet kærester.

En dag spurgte Maiken, om han troede, der var en mening med alting.

– *Nej, egentlig ikke. Altså, hvis du tænker på det på den måde, at der er én, som har besluttet det hele på forhånd,* svarede han.

– *Men, hvad så med alle de ting, som ikke sker? På den måde kunne de jo have været lige så gode, som de ting, der sker. De er spildt, på en måde.*

Hun snoede en hårlok om pegefingeren, og nulrede hårspidserne. Så rettede hun sig op og lagde hænderne på sine knæ:

– *Det er, som når Mor vil have, at vi holder chanukkah, selv om dem vi kender, holder jul. Jeg er ikke engang sikker på, hun ved, hvordan man gør det rigtigt; hun havde ingen familie, da hun var ung.*

– *Men, ved hun ikke noget om det fra tidligere?*

– *Jeg tror ikke, Mor husker noget fra før hun kom til Sverige; hun var ikke så gammel. De fortalte hende på børnehjemmet i Östersund - i Sverige - at hun blev smuglet med færgen til Gedser i en rejsetaske.*

Han prøvede at forstå hendes historie, og spurgte:

– *Det var ikke de samme mennesker, der tog hende med til Sverige? Hvorfor blev hun ikke bare hos dem?*

Hun bemærkede hans skeptiske ansigtsudtryk:

– *Mor har et brev - på hollandsk - med historien om rejsetasken. Underskrevet af en handelsrejsende, som fortæller at nogle venner havde overtalt ham til at tage barnet - Mor - med til Danmark. Men ingen har kunnet finde ud af, hvem han var. Eller hvem vennerne var. Eller hvad der ellers skete dengang.*

Det der med at smugle børn over grænsen fra Tyskland lød i første omgang sært - men langsomt begyndte han at forstå sammenhængen. Og så spurgte han:

– *Og så kom hun tilbage til Danmark, da krigen var slut?*

– *Jah...* svarede Maiken tøvende ... *men ikke lige med det samme. Svenskerne ville ikke sende hende nogen steder hen, før de var sikre på, at der ikke dukkede noget familie op. På grund af brevet mente de ikke, at hun var dansk; men til slut blev man enige om, at hun i hvert fald var mere dansk end svensk.*

– *Hvor gammel var hun så, da hun fik dig?* han ærgrede sig over, at han ikke havde fulgt bedre med i historietimerne, så han selv kunne regne det ud. Han mærkede sit hjerte banke, og han havde lyst til at tørre hendes øjne.

– *Som mig ... som os...* hun pegede med fingeren, frem og tilbage mellem dem begge to ... *Mor er født i maj 1938, så kan du selv regne det ud. Hun navngav mig Maiken, fordi hun syntes, det lød hollandsk. Men hendes plejeforældre sagde, at ingen flygtede fra Holland på det tidspunkt.*

Han prøvede at forestille sig, hvad det var, Maiken fortalte. Hvilke tanker var det, der var så tunge for hende? Hun måtte have tænkt meget på sin mor, hvor hun kom fra og hvad hun havde været igennem:

– *Men, fordi den handelsrejsende var hollænder, så er det jo ikke sikkert, at hans venner var det.*

Hun rettede sig op og tog en dyb indånding; hun måtte forberede sig på det, hun ville sige:

– *Ja, du har ret. Mor hader bare tanken om, at vores familie kunne have været tyskere. Men det er vel det mest sandsynlige.*

Hun tog den serviet, han havde fundet, ud af hans hånd. Hans hånd lagde hun på hans knæ, og så tørrede hun selv sine øjne. Hun så på ham, og smilede et lille, taknemmeligt smil.

– *Tilbage i Danmark boede hun hos en familie, der skulle have passet på hende. Men så blev hun flyttet til et hjem for løsagtige fruentimmere. Hvor hun fødte mig. Hun taler aldrig ret meget om det.*

Det tog nogle minutter at forstå, hvad hun fortalte.

– *Men ... hendes plejefar er altså din far?*

Hun kiggede længe på ham. Tavs. Udtryksløse øjne. Og svarede så:

– *Jeg har stykket det sammen af utallige, små bidder. Mor har aldrig talt om det sammenhængende. Men, som du ved, er jeg jo ret begavet.*

Maiken var voksen. Den måde, hun tænkte på - og talte på - var alt for voksen.

Han tænkte på pigerne hjemme i Dragør. Han så dem for sig som små piger. Havde svært ved at se for sig, at de også var blevet større. Havde fået bryster. Kyssede drenge. Snakkede fornuftigt om alvorlige ting. Sådan måtte det være. Men det var svært at forstå, at Maiken var jævnaldrende med dem.

Afskrift

I spisefrikvarteret var der håndmadder i spisesalen. Og tynd saftevand.

På vejen rundt om huset indhentede Maiken ham.

– *Spis din mad hurtigt!...* sagde hun ... *så kan vi smutte en tur inden næste time.*

– *Men* ... *får vi ikke ballade?*

– *Det bliver ikke opdaget...* svarede hun og tilføjede forklarende ... *Det er Bolette, der har gårdvagten i denne uge. Hun sidder hele tiden inde på gangen og ryger. Hun er den mest dovne af alle lærerne!*

De gik ad grusvejen langs kysten. Langs vejen var der en strækning med pigtråd og en række gule **Adgang Forbudt**-skilte.

– *Da jeg så de der skilte første gang kunne jeg ikke forstå, hvad* **ude-toneret** *betød...* fortalte Maiken ... *jeg spekulerede på, om der også var noget, der hed* **inde-toneret.** *Drengene er ligeglade med skiltene; de løber den vej ned til stranden.*

De fandt et sommerhus med en afskærmet terrasse.

– *Øv, bænken er våd!* sagde hun; men de satte sig alligevel.

Hun rykkede tættere på og tog fat i hans overarm, som hun plejede.

– *Lad mig lige vise dig, hvordan man gør!...* hun holdt pegefingeren under hans næse og pressede hans hage nedad med tommelfingeren ... *sig ah!*

Hendes ansigt var ganske tæt på hans; hendes øjenvipper kildede ham på kinden, da hun blinkede.

– *Ja - eh; det er rigtigt...* sagde hun med et belærende tonefald
... *du skal åbne munden, når vi kysser.*

Det var deres første tungekys; det krævede lidt tilvænning.

Han lænede sig lidt tilbage for at kunne se hendes ansigt.

– *Hvad kigger du på?*

– *Dine brune øjne. De har en smuk farve i det klare solskin.* svarede
han i overensstemmelse med sandheden.

– *Din ånd! Mine øjne er altid smukke!*

Han havde lyst til at gentage det der tungekys, og måske endda
gengælde det. Det blev igen hende, der tog initiativet.

– *Har du tænkt over stilen til om fjorten dage?* spurgte hun med et
tonefald, der slet ikke afspejlede den seneste udvikling i deres forhold.

– *Jeg har skrevet den.*

– *Du er s'gu da noget af det mest underlige...* svarede hun ... *synes
du slet ikke, det er svært at skrive stil?*

Han havde ikke tænkt på det som svært; mere bare som dødirri-
terende, når man ikke havde lyst. Men når tankerne kom af sig selv,
så var det sådan set det nemmeste at skrive dem ned. Frem for at de
kværnede rundt i hovedet i én uendelighed.

Måske tænkte hun på det der med at stave? Diktat kunne godt
være lidt svært. Især når læreren i det mest søvndyssende tonefald
gentog det samme ord; så glemte han ind i mellem at høre efter, når
der kom et nyt ord. Nogen gange fik han en mistanke om, at læreren
glemte at tælle og bare gentog det samme ord syv gange.

– *Hvis du allerede har skrevet den, så kan du godt skrive den en
gang til, for mig. Hvis du bare skriver noget andet, så bliver det ikke
opdaget.*

– *Skriver du så den næste for mig?* spurgte han naivt.

– *Det kan godt være...* svarede hun i et indsmigrende tonefald,
men rettede det straks i et andet tonefald ... *nej, selvfølgelig gør jeg
da ikke det!*

– *Hvad gør du så for mig?*

– *Nu har jeg jo for eksempel lige lært dig at snave...* svarede hun
... *og at vi kysser og krammer er vel også noget værd.*

Han indvendte, at de kyssede og krammede begge to, og at det vel så var ret og rimeligt, at de betalte for det begge to. Hvis det altså var noget, der skulle betales for.

Han så en lettere irriteret trækning ved den ene mundvig. Men så smilede hun igen.

– *Åhr, kom nu! ... Du må også gerne tage mig på brysterne, under blusen,* hun holdt med begge hænder bag om hans nakke, trak ham igen lidt tættere på og lagde hovedet indsmigrende på skrå.

Over blusen havde hun en strikket trøje, som han forsøgte at få hænderne op under, men den var for stram. Hun grinede og skubbede ham væk.

– *Jeg sagde altså ikke noget om at kilde. Mor mente godt, at jeg kunne bruge den lidt endnu, da vi pakkede efter sommerferien. Men nu er den for lille,* forklarede hun. Han forsøgte nu at trække op i den, uden at blusen fulgte for meget med.

– *Under blusen, sagde jeg! Jeg vil ikke sidde her med bare bryster.*

Så trak hun selv trøjen over hovedet, mens han holdt ned i blusen. Hun lagde trøjen fra sig og rettede på blusen; det var åbenbart meget vigtigt, at blusen sad pænt.

Hun lænede sig frem og støttede panden mod hans; han kæmpede desperat for ikke at reagere på at det kildede, da deres øjenvipper strejfede hinanden.

Hun lagde sine hænder på hans skuldre og holdt albuerne tæt ind til kroppen. Han lod sine hænder glide op ad hendes ryg, under blusen.

Hun tøvede; trak så vejret dybt ind og snerpede læberne stramt sammen. Så skubbede hun sig lidt væk fra ham og løftede albuerne ud fra kroppen.

Bagefter grinede de begge ad det.

– *Nå, skriver du så den stil?* spurgte hun, da hun igen havde trukket trøjen over hovedet og søgte efter blusens venstre ærme.

Fantasier

Der var en flugtmulighed på kostskolen, en mulighed for indre exil: Bøger! Han læste mange bøger efter skoletid. De skulle indeholde eventyr om fantastiske, fremmedartede steder. Tolstoj. Boris Pasternak. I en periode gik fantasierne i retning af en fremmed, mystisk far, som var på flugt fra det hemmelige, russiske politi, КГБ, på grund af sin tilknytning til zar-familien. Han var kommet til Bornholm som officer i Den Røde Armé i krigens sidste dage. Han havde været i Rønne, hvor han havde holdt sig skjult efter afslutningen af den sovjetiske tilstedeværelse på øen. Nogle år senere havde han mødt Mor i København.

Under deres få, yderst hemmelige og meget kortvarige møder kaldte russeren sin søn Kolja.

Det var spændende at skrive navnet med kyrilliske bogstaver: Коля. Men det måtte ske i største hemmelighed. Ingen, og slet ikke Freddy, måtte vide noget om det. Det var alt for farligt, hvis den russiske efterretningstjeneste opsnappede hans sande identitet. Han tog et enkelt ark papir af blokken, og skrev med blød blyant på et hårdt underlag. For ikke at efterlade afslørende trykmærker. Og papiret måtte efterfølgende destrueres; helst brændes.

Opholdet på kostskolen passede ind i billedet; det var hans offer for den store sag. Han var skjult her, som alternativ til deportation til Sibirien.

Derefter var det Jack London og Yukon. Men snart blev det for urealistisk; det blev derefter Thor Heyerdahl og hans rejse over Stillehavet. Men det måtte gerne være lidt mere barsk, med vinter og kulde. Polarfarerne ... Roald Amundsen, Robert Scott ... og derefter Knud Rasmussen og Peter Freuchen. De fortalte om virkelige steder, som han havde set i et skoleatlas: Thule, Umanaq, Godhavn, Danmarkshavn. Det var alligevel bedre end de løsslupne fantasier.

Freddy havde også sine fantasier. De var mere nære, og handlede om væsener, der færdedes ude i plantagen:

– *Man kan se dem, i korte glimt...* fortalte han ... *måske tror du, at det er en dusk nåle på et fyrretræ, men i virkeligheden er det deres store, buskede øjenbryn! Som på en gammel mand! Og de kan få deres arme og ben til fuldstændigt at ligne grenene på en fyrrebusk!*

Freddys fantasier var tillokkende, men de fungerede ikke. Fyrretræerne blev ved med at være fyrretræer - trods store mentale anstrengelser.

Der var andre ting i Freddys fortællinger, hvor det var sværere at afgøre, om det var fantasi eller virkelighed:

– Du ved, tvillingerne, de to meget lyshårede drenge...

– Ja, jeg ved godt, hvem tvillingerne er ... Henrik og Frederik, indskød han, men Freddy fortsatte uanfægtet.

... de er her, fordi deres onkel er for kærlig.

Hvad det var, Freddy mente med *for kærlig,* var ikke helt forståeligt. Det var ikke typisk for ham at bruge formildende metaforer; men måske var det en ordret gengivelse af, hvad tvillingerne havde sagt. Og atypisk sexuel aktivitet - eller sexuel aktivitet i al almindelighed - var ikke en del af den fremmede drengs erfaringsgrundlag. Men Freddy uddybede det gerne:

– Altså, da de var hjemme i julen, ville onklen bolle dem. Så nu må de slet ikke komme hjem mere. De fortalte det, da vi spillede billard i eftermiddags.

Andre aktiviteter i fritiden var mere konkrete. Drengene på en af de andre stuer havde nogle flasker; de stammede vist nok fra sommerhusene ude i plantagen, men det ville de helst ikke tale om. Virkningen af dem var ... senere på aftenen ... en kraftig hovedpine.

– Du skal aldrig sige noget til de voksne om den slags, var Freddys råd. Det var ikke det der med sommerhusene, han tænkte på, for Freddy vidste intet om det. Mange af de ting, de andre drenge foretog sig, var helt udenfor Freddys begrebsverden. Men at bede om hjælp hos de voksne, når man var trist eller havde det skidt ... det skulle man lade være med. Der kom kun noget dårligt ud af det:

– Hvis du er besværlig, eller hvis du siger noget, de ikke kan lide, bliver du sat i fængsel! uddybede han. Måske var hans tolkning af situationen ikke helt retfærdig. Men sandt var det, at uviljen til kommunikation mellem børn og voksne i vanskelige situationer var

gensidig.

– *I fængsel? Ahr, børn kommer da ikke i fængsel,* var indvendingen.

– *Jo, altså børnefængsel...* fortsatte Freddy ... *min bror er i børnefængsel. Et sted, der hedder Godhavn.* Med betoningen fik han det til at lyde meget uhyggeligt. Som et sted, man bestemt ikke skulle ønske sig hen.

– *Godhavn? Altså på Grønland?*

– *Jeg ved det ikke. Det kan godt være, at det er på Grønland. Er det da langt væk?...* svarede Freddy ... *men der er han, fordi de voksne ikke kan lide de ting, han siger. Og når de stadig ikke er tilfredse, så bliver han bundet fast i den mørkeste kælder, og de giver ham piller.*

Den fremmede dreng, som var noget skræmt af historien, så skeptisk på Freddy. Freddy følte et behov for at uddybe sin forklaring:

– *Du ved, det er sådan noget medicin, som fjerner din sjæl. Du bliver en levende død - som en zombie.* Han var i stand til at gøre det meget uhyggeligt, så det løb koldt ned ad ryggen på en.

Den mulighed, at verden kunne rumme den form for ondskab, var en ny erkendelse.

– *Og det er noget, du ved? Helt sikkert?*

– *Ja, han fortalte det selv, sidst vi var hjemme på lang week end. Mor siger, jeg ikke skal lytte til ham. Men hun er nok bange for, at jeg også skal komme på Godhavn.*

Freddy havde flere, mærkværdige historier. En af dem handlede om et billede, der var sat op med tegnestifter på indersiden af skabslågen. Sort-hvidt, det var rykket ud af et ugeblad. Flosset i kanten og gulnet; det havde hængt der rigtigt længe; flere generationer af beboere havde arvet det efter hinanden. Det forestillede en ung kvinde med rundt hoved og langt lyst hår. Uden tøj på; hun var ved at stige op i et badekar. Man kunne se hendes bare bryster og hendes lår. Det bedste ved billedet var, at hun stod med krum ryg, som når en kat skyder ryg. Kælent, med et sødt smil. Det så nærmest ud som om det morede hende at blive fotograferet, når hun skulle i bad.

– *Du ved...* sagde Freddy hemmelighedsfuldt ... *hun har gået her på skolen!* Det var nok sådan en historie, som var overleveret fra mund til mund, uden at nogen kendte oprindelsen.

– En gang var der en af drengene, som lystent klatrede ud på brand-trappen, hen ad løbegangen på taget og ind gennem vinduet til hendes pigekammer. Og han blev der den hele nat, endskønt hun var jomfrue-ligt uskyldsren!... fortalte Freddy med gys i stemmen *... i konsekvens heraf blev han bortvist i unåde...* fortsatte han med alvorlig mine *... men pigen tillodes at blive, desuagtet hun nu var en falden kvinde.*

– Men hun er jo voksen? Der går ingen voksne på skolen!

– Nu er du dum. Det er jo mange år siden.

Det var aldrig til at vide, om Freddys historier var sandhed eller fantasi. Men at historien gjorde billedet af den nøgne kvinde med det runde ansigt mere erotisk var svært at komme udenom.

Han besluttede sig for at gå, da Freddy begyndte at snakke om sine spøgelser.

Nede i dagligstuen var de andre drenge fra klassen forsamlet om-kring sofabordet. Ofte diskutere de fodbold. Han forstod slet ikke det der med, at den ene klub kunne være fuldstændigt fantastisk, mens den anden var en samling uduelige knoldesparkere. Det var lidt det samme, når emnet var biler.

I dag var det rangordningen af pigerne i klassen, der var på tapetet. Igen var det uklart, hvad kriterierne egentlig var. Een var helt vildt betaget af Monikas rødbrune hår. Jonnas smil var heller ikke dårligt og hendes hvepsetalje var bestemt bemærkelsesværdig.

– Hvis Jonna med røven skal med, så skal Lonnie også! Hendes røv er meget større.

– Jonna har ikke en stor røv; hun har en rund og dejlig lille numse!

En anden fremhævede Katjas lange, lyse hår. William savlede over Tines lange ben og hendes gode patter.

Maiken var ikke blandt de nominerede.

Han fandt ingen grund til at blande sig. I stedet gik han tilba-ge på værelset og satte sig for at skrive Maikens stil. Det kneb med motivationen. Han genkaldte sig, at hans hænder gled op på hendes bare ryg under blusen, under hendes arme og nåede frem til brysterne. Han kunne lade en finger glide ind under dem; der var lidt varmere og en smule fugtigt. Så nulrede han brystvorterne. Først var de små og bløde, så blev de mere faste og strittende.

Han huskede hendes overbærende smil: *Hvor er I drenge dog nemme.*

Med stilen gik det ikke så godt.

En fridag

Måske var en meddelelse om, at der var undervisningsfri på storebededag blevet misforstået eller overhørt. De fleste af kammeraterne blev hentet af forældrene til en forlænget week end i sommerhus; derfor var der ikke bestilt busser. Man kunne få penge til en togbillet, men de sidste fem havde valgt at blive på skolen.

Elsebeth var vikar for frk. Mikkelsen, som var kostlærer på pigegangen. Kostlæreren på drengegangen ville gerne have en halv fridag, så de havde aftalt, at Elsebeth tog alle fem om eftermiddagen.

– *Skal vi ikke gå en tur?* spurgte Elsebeth, da de alle var samlet efter frokost.

Det var der ikke stemning for.

– *Hvis jeg nu aftaler med køkkenet, at I ikke kommer til tetid, så laver vi kakao hjemme hos mig...* lokkede hun *... vi kan også gå forbi bageren og købe hveder på vejen?*

Stemningen vendte gradvist, og til sidst var alle med på gåturen.

Elsebeth boede i et lille hus på vejen ind mod Frederiksværk. Fra hendes køkkenvindue var der udsigt over markerne i retning mod Kulhuse og fjorden. Katja og Maiken og Lasse fra femte gik ned i baghaven for at spille stangtennis.

Selv blev han i køkkenet for at det ikke skulle se ud som om, at han rendte efter Maiken ved enhver given lejlighed. Tine blev også i køkkenet, fordi hun var uvenner med Katja.

– *Så laver vi tre kakao og varmer hveder imens* afgjorde Elsebeth.

– *Jeg ved ikke, hvordan man laver kakao eller varmer hveder...* indvendte Tine straks *... men jeg kan piske flødeskum!*

– *Fint! Vi må også se at komme i gang, så vi kan være færdige inden Esben kommer hjem. Han kan ikke lide, at jeg tager elever med hjem.*

– *Hvorfor kan han ikke lide det?* spurgte Tine; det lød nærmest som en anklage. Han havde lagt mærke til, at Tine tit stillede spørgsmål på en meget aggressiv måde.

Elsebeth så lidt tøvende ud, men så forsøgte hun at forklare. Det var noget med, at han ikke ville risikere at blive uvenner med naboerne, fordi der løb støjende børn rundt i haven. Forklaringen lød ikke overbevisende, men det endte alligevel med, at de snakkede hyggeligt sammen. Tine virkede også efterhånden helt afslappet, og det lød ikke længere som om hun anklagede nogen, hver gang hun sagde noget.

Elsebeth fortalte om, hvordan hun havde det med sin mand, og om, at hun nogen gange godt kunne være lidt bange for ham. Også om, at hun elskede sit arbejde, men at han gerne ville have, at hun fandt noget andet.

Hun spurgte så, hvordan de havde det på skolen, og hvad de mente om, at de ikke boede hjemme hos deres forældre.

Det var en helt usædvanlig oplevelse for ham. Det lød jo faktisk som om, hun helt ærligt var interesseret i, hvad de sagde. Oplevelsen af, at man kunne tale sammen åbent og ærligt om ting, der betød noget, bekræftede ham i opfattelsen af, at fortielserne i hans egen familie var udtryk for en sammensværgelse. Følelsen af samhørighed med fremmede mennesker fik ensomhedsfølelsen til at stå endnu skarpere i kontrast.

Tine fortalte, at hun var på skolen fordi hendes far var i fængsel og hendes mor var indlagt med dårlige nerver:

– *Når det er lang week end, er jeg hos Mormor. Det er så kedeligt; der sker ingen ting. Hun vil bare have, jeg skal sidde stille på en stol. Eller hente varer hos købmanden.*

– *Ser du så aldrig din mor?* spurgte Elsebeth bekymret; hun spurgte ikke, om Tine så sin far.

– *Joh - nej - ikke sådan rigtigt...* svarede Tine *... engang var jeg derovre sammen med én fra kommunen; Annika. Vi var med toget,* *inde fra Hovedbanen. Og vi skulle også med færgen. Det sidste stykke kørte vi med en gris; ligesom den, der kører til Hillerød.*

Elsebeth var ikke interesseret i rejsen derover, så hun spurgte om hvordan det havde været at besøge moren:

– Det var virkelig underligt. Mor prøvede at sidde stille på stolen, men det kunne hun slet ikke. Der sad en masse mennesker på stole ude på gangen, og der var hele tiden uro. Hver gang én råbte op, eller der var nogen, der løb på gangen, så skulle Mor lige ud og se, hvad der foregik. Til sidst kom der en ... læge eller sygeplejerske eller hvad ved jeg ... og sagde, at jeg skulle sætte mig hen i et andet rum. Der var et dukkehus og noget Brio-tog. Jeg sad i lang tid og bladede i en bog om Pelle Haleløs. Og så tog vi hjem igen.

– Og du fik ikke noget at vide om, hvad din mor fejler? Eller hvornår hun bliver rask? spurgte Elsebeth.

– Nej. Det bedste på turen var, da vi kom til færgen på hjemturen. Annika sagde, at nu var vi da vist rigtigt godt gammeldags sultne. Der var en restaurant, hvor tjeneren kom hen til bordet med en serviet over armen. Annika sagde, at nu måtte magistraten altså betale. Jeg har aldrig været på restaurant før; det var bare så fint.

Tine så tænksom ud og sagde, at det egentlig er ret utroligt, det der med at få noget at spise: *– Man er trist og træt og alting kan også være lige meget. Så får man noget mad, og - vupti! - pludselig bliver man helt glad igen.*

Det fik Tine til at tænke over noget. Først talte hun til Elsebeth, men lidt efter lidt så hun direkte på ham. Det så ud som om, hun var glad for at kunne fortælle ham om det.

– På vejen tilbage med grisen regnede det, og det var blevet mørkt. Jeg sad bare og kiggede ud ad vinduet og havde ikke lyst til at snakke med Annika. Hun blev ved med at sige, at det var synd, at besøget hos Mor havde været sådan en skuffelse. Men det var det egentlig ikke; jeg vidste det allerede om morgenen... og efter en tænkepause tilføjede hun ... *hvis bare der var sådan en madkur, man kunne give Mor.*

Han fortalte, at kommunen havde anbragt ham på den her skole, fordi han pjækkede. Elsebeth så undrende på ham:

– *Du er jo ellers dygtig; det er, hvad alle lærerne siger.*

– *Ja!* nikkede Tine.

– *Du har også lagt mærke til det!...* svarede Elsebeth ... *synes I, det er rart at tale med hinanden om sådan nogen ting?*

Hun udspurgte dem ikke; de talte bare sammen om ting, der optog dem. Det var ikke noget han var vant til med andre voksne.

Tine lænede sig frem og spurgte ham diskret:

– *Kommer du til festen næste lørdag?*

Det var ikke meningen, at Elsebeth skulle have hørt det. Men det gjorde hun; hun sendte ham et indforstået smil, da Tine næste gang koncentrerede sig om sin flødeskum.

– *Altså, når Elsebeth spørger om Far...* hun trak på skuldrende og så spørgende på ham ... *kender du din far?*

Inden han nåede at svare, fortsatte hun:

– *Mor sagde engang til mig: "Ser du, min pige, vi måtte jo vente nogle år - din far og jeg - inden vi så noget til dig!"...* hun bed sig i underlæben og smilede ... *så sagde min mors veninde, at hun jo godt vidste, hvornår der var post. Hun skulle bare gå i bad lige inden, og ligesom "glemme" at tage badekåben rigtigt på, når hun åbnede. Så er det problem klaret.*

Han overvejede at fortælle hende om sin far. Men kunne ikke finde de rigtige ord. Og hun fortsatte med at snakke om noget andet:

– *Du deler værelse med Freddy, gør du ikke?*

– *Jo. Hvordan ved du det?* svarede han.

– *Freddy fortalte det; men man ved aldrig rigtigt med ham - han siger så meget,* hun trak på skulderen og så på ham som om hun forventede, at han skulle sige noget mere.

– *Du tænker på hans historier om trolde ude i skoven? Og om vores pin-up på indersiden af skabslågen?*

– *Nå, Lotte!...* grinede hun ... *Freddy tror, det er en hemmelighed, men alle kender historien. Jeg hørte den længe før Freddy startede her på skolen, så det er ikke noget, han har fundet på. Og hun var vist heller ikke helt så uskyldig, som Freddy gerne vil have.*

– *Men ... billedet; er det så hendes ven, der der har sat det op?*

– Det har jeg svært ved at forestille mig... svarede hun *... billedet er da nok nyere.*

Gallafest

Egentlig ville han hellere have været hjem den week end. Men lærerne sagde, at det var vigtigt, at alle kom til festen. Det var en tradition. Og der var lagt meget arbejde i at gøre det til en festlig aften.

Der var ingen vej udenom. Han måtte modvilligt blive på skolen og gå til fest.

– I skal lige vente lidt her i foyeren... en af lærerne dirigerede rundt med dem *... Nu skal vi have indmarch. Find jeres partner.*

Han så sig forvirret omkring; han var ikke klar over, at man skulle have en partner. Læreren skubbede ham ind i kolonnen sammen med en pige, han ikke havde set før. Hun tog fat i hans hånd og viste ham, hvordan han skulle føre hende under indmarchen. Og så ret irriteret ud.

Da de kom ind i salen forsvandt hun meget hurtigt. Han så sig om for finde et kendt ansigt. Maiken sad ved et bord og så ud som om, hun også helst ville have været et andet sted. Han satte sig ved siden af hende.

– Det var godt, du kom... sagde hun *...jeg ved slet ikke, hvad jeg skal her.*

Sebastian fra ottende var d.j. De var enige om ikke at danse; det var bedre bare at snakke.

Lidt senere tog hun ham hårdt i armen. Han troede, at hun måske alligevel ville danse, men så trak hun ham tilbage på stolen og holdt sin hånd op for hans mund.

Sebastian havde lagt et nummer på, der nærmest lød en smule religiøst - noget med *the promised land.* Da nummeret var færdigt, slap hun hans arm igen:

– Jeg skulle altså bare lige høre det nummer; jeg er vild med det... sagde hun og citerede fra teksten *... you'll be my someone forever and a day!*

Hun virkede fjern et øjeblik; så spurgte hun:

– *Synes du, hun ligner mig?*

– *Hvem?*

– *Ja, hende fra sangen lige før. Din ånd.*

– *Det ved jeg ikke. Jeg ved ikke, hvem hun er. Eller hvordan hun ser ud.*

– *Nej, det ved jeg jo sådan set heller ikke. Jeg har kun set et billede af hende på et pladecover.*

Han kendte hverken gruppen eller nummeret. På drengegangen blev der lige for tiden mest spillet et nummer, der handlede om at skide tyndskid i en ble for at komme til Mars. Og om at trampe rundt i månestøv, som ellers havde ligget der uforstyrret i æoner.

– *Du er klar over, at du er den første, der har taget mig på brysterne? Altså, sådan kærligt, uden at jeg blev arrig,* sagde hun.

– *Ditto ... eller, jeg mener ...*

– *Jeg ved, hvad du mener,...* svarede hun med sit minimalsmil, som gled over i et mere forventningfuldt smil.

– *Og så den der gamle trøje. Mor sagde: "Den kan du sagtens bruge et års tid endnu. Så meget vokser du ikke over skuldrene." Men hvem taler om skuldre?*

Denne aften havde hun en helt ny bluse på; hun trak ud i den for at vise, at den i hvert fald ikke var for lille. Hun kiggede på ham for at sikre sig, at han forstod hvad hun mente.

– *Du var altså ret kær den dag. Du må også gerne kilde mig lidt - men det skal være blidt.*

Lidt efter mente hun, at de hellere måtte stoppe igen:

– *De andre er begyndt at kigge!* hviskede hun og rettede på blusen.

Han var blevet nysgerrig:

– *Hvem har så lært dig at snave?*

Hun overvejede tydeligvis en løgn, men så kiggede hun blufærdigt ned i gulvet og svarede:

– *Katja.*

Midt på aftenen var der sandwich og sodavand. Man skulle selv hente henne ved køkkenet; han hentede til dem begge.

– *Det kan du altså ikke være bekendt...* han mødte Tine på vejen tilbage; hun var sur *...jeg troede, at vi havde en aftale om i aften!*

Da han kom tilbage til Maiken, var der nogle af de andre fra klassen, der havde sat sig sammen med hende. Han kunne mærke, at han var rød i kinderne, men heldigvis var der for mørkt til at det kunne ses.

– *Hvad ville Tine?...* spurgte William *...og hvorfor kommer hun ikke herhen?*

Han vidste ikke lige, hvad han skulle svare, men det vidste Maiken:

– *Hun er knotten over, at hendes erobringer slår fejl.*

Samtidig rykkede hun lidt på bænken, så der blev plads til at han kunne klemme sig ned mellem hende og Lonnie. Så lagde hun armen om hans hals. Han kunne ikke lade være med at smile, da han kiggede på hendes runde kinder og tænkte, at nu havde han åbenbart mistet eneretten på hendes smilehuller. Det var nyt at opleve hende så selvsikker sammen med de andre. Lonnie var kommet til at sidde meget yderligt, og selv følte han behov for at vise overskud:

– *Rykker I ikke lige lidt mere, så der også bliver plads til Lonnie?*

– *Så må vi hellere rykke et godt stykke!* William var som altid mester for en upassende kommentar.

Mandtal

Mandag morgen på Hans Knudsens Plads. Tidligt. Alle var endnu søvndrukne.

Der skulle to busser til for at rumme alle. Nummer to bus kørte nogle minutter senere end nummer et - så kunne efternølerne også nå at komme med. Nummer et bus kørte lidt før tid og samlede op ud ad Lyngbyvejen og Kongevejen, så de to busser nåede som regel frem nogenlunde samtidigt.

Tilsammen bevirkede det, at det ikke var et velegnet tidspunkt til at få overblik over, hvem der mødte efter week end'en.

Efter ankomsten skulle kufferterne slæbes op på værelserne. Der var heller ikke overblik. Og så var der velkomstte og en enkelt ostemad i spisesalen.

Frikvarteret efter første time var den første mulighed for at tale med alle. Han så Jonna komme fra den modsatte side af huset med sin taske og gå op ad bagtrappen til pigegangen. Kort efter kom hun ned igen.

– *Var du ikke med bussen?* spurgte han.

Hun kiggede kort på ham, rynkede panden og slog så blikket ned:

– *Nej.*

De andre har ret: Hun er køn. Hendes læber er fyldige; alle andre end Freddy ville have lyst til at kysse hende.

Hun var tavs et stykke tid, men hun gik ikke.

– *Jeg skulle med sekseren nede i svinget ved Kammasvej; den har jeg altid taget - så slipper jeg for at skifte. Men i dag var der mange mennesker.*

Han blev overrasket over hendes stemme. Hun hviskede meget stille med de andre piger. I klassen sad hun på forreste række, så han kunne ikke høre hende, når hun blev hørt. Så han havde nok aldrig hørt hendes stemme før. Den var blødere end de andre pigers. Og dybere; men slet ikke som drengenes.

– *Var den optaget, så du ikke kunne komme med?*

Hun startede igen med at være tavs. Han ville jo ikke udfritte hende, men hun så ud som om, hun gerne ville fortælle mere. Hun tøvede, men svarede så:

– *Nej. Den var ikke fuld.... hun så på ham ud af øjenkrogen ... der er bare det, at nogen gange kan jeg ikke lide mange mennesker. De kigger på mig. Og så kunne jeg ikke gå ind i sporvognen. Det var endda en af de helt nye, hvor man kan stå nede i bagenden uden træk fra den åbne dør.*

Han kendte ikke så meget til sporvogne. I Dragør havde der aldrig været sporvogne. Og der, hvor de boede nu, var den nærmeste sporvogn femmeren inde i Husum. At andre mennesker så på hende havde hun nok ret i; det ville være svært at undgå med det udseende.

– *Det er værst, når man skal gå ad midtergangen gennem hele vognen for at finde en siddeplads. Så kigger alle. Sådan har jeg det.*

Han var ved at sige, at han da også kiggede på hende. Hvilket var i overensstemmelse med sandheden. Men det her handlede om noget andet.

– *Da jeg var lille, blev Far sur over det og skældte ud. Men nu har vi talt med lægen, og Far skælder ikke længere ud, når jeg har det sådan...* det så ud som om, hun havde sagt mere end hun egentlig havde lyst til, og prøvede at dreje samtalen over på noget andet ... *jeg har altid godt kunnet lide, at sekseren har blå øjne; som en kattekilling. Og så er det den, vi skal med for at besøge Farmor ude ved Damhussøen.*

Hun kiggede lidt usikkert på ham, og tilføjede:

– *Du ved, linjelanterne på taget. De er blå.*

Hun lavede briller med fingrene, og holdt dem op foran øjnene.

– *Far driller mig med det. Han siger, at jeg er linie otte...* sagde hun, og da han så undrende ud, forklarede hun ... *fordi jeg har grønne øjne.*

– *Har linie otte grønne lanterner?*

– *Ikke mere. Linie otte er en bus.*

Igen følte han sig som en uvidende forstadsknægt, som ikke kendte forholdene i storstaden.

Han opfattede, at hun gerne ville skifte emne, og ikke snakke så meget mere om hvorfor det gjorde hende utryg, at der var mange mennesker i sporvognen. Så han prøvede at spørge om noget andet:

– *Hvad så? Hvordan kom du herop?*

– *Far kørte mig; han havde bilen hjemme på tilkaldevagt. Vi kom for sent til busserne, så vi måtte køre hele vejen. Det var også meget rart. Så kunne vi snakke på vejen.*

Han tænkte lidt over hvad hun havde sagt. Han kunne selv blive lidt irriteret, når der var mange mennesker med toget fra Herlev. Mest fordi, der så ikke var nogen siddepladser. Det der med ikke at kunne gå ind i et rum, bare fordi der var mange mennesker, genkendte han ikke.

– *Hvad så med klassen? Der er vi jo også mange,* spurgte han.

Jonna var rigtigt sød. Han kunne godt lide at tale med hende. Men hun var meget stille, så det var aldrig sket før.

– *Du må altså ikke grine ad mig...* hun lavede en undskyldende trækning ved den ene mundvig *...sådan var det også i starten. Jeg forsøgte altid gå lige bag ved Tine. Så tænkte jeg, at det var hende, I allesammen kiggede på.*

Så smilede hun og så lidt mere afslappet ud.

– *Men du gik jo slet ikke i klassen dengang. Så du har ikke set mig gøre det. Og du kunne aldrig finde på at drille mig med det. Siger Maiken.*

Frikvarteret var slut, og de fulgtes hen mod indgangen. Hun tog fat i hans i håndled for at holde ham lidt tilbage; den fysiske kontakt gav ham mod til også at række ud efter hende. Han lod en lok af hendes lækre, silkebløde hår glide gennem fingrene og ville have sagt noget om, hvor pænt og fyldigt, det var. Men hun talte først:

– *I bilen sagde Far, at jeg vil få det bedre hvis jeg taler mere med nogen, jeg stoler på. Det var godt, at Maiken sagde, at det var dig, jeg skulle snakke med.*

Orienteringsløb

De havde engelsk. Majoren ville høre Maiken. Hun sad ovre i dørrækken og så mut ud. Katja med det lange, lyse hår fandt bogen frem, bladede frem til den rigtige side, lagde den foran hende og pegede:

– *Læs herfra!*

Mens dette stod på, flød den sædvanlige, endeløse strøm af eder og forbandelser fra Majoren. Det måtte være en metode, han havde lært i militæret, for at få rekrutterne til at lystre. Eller, måske havde metoden ikke virket i militæret, og derfor var han nu blevet lærer her.

Han var endnu ikke helt fortrolig med proceduren og var bekymret for om strømmen nogen sinde ville stoppe. For Majoren kunne næppe høre, hvad Maiken læste op. Hun snøftede og havde svært ved at komme i gang, men da det lykkedes, stoppede Majorens ordstrøm nu alligevel.

Han vidste ikke, hvorfor hun var ked af det. Han ville spørge hende efter timen.

Men da det ringede ud, stod en af de andre lærere ude på gangen. I tweedjakke, med pibe i munden. Han viste klassen ned ad gangen i den modsatte retning af udgangen. Der var en anden dør, som den fremmed dreng aldrig tidligere havde bemærket.

De fik besked på at gå i en lang række, uden at tale med hinanden. Gennem det høje, visne græs i skovbunden. Det var dækket af et tyndt lag sne, som knasede i frosten.

Nede ved søen stod en af de andre lærere. Han holdt dem tilbage et øjeblik, og sendte dem derefter ud på isen, en ad gangen, med nogle meters mellemrum.

– *Du skal bare følge den række kviste, som står i isen,* sagde han, og pegede ud over vandet.

Det var diset, og himlen var farveløs. Solen stod vinterbleg lavt over horisonten. Tine spurgte - hun spørger altid om alting:

– *Hvorfor skal vi det her?*

– *Nu skal du bare gøre, som du får besked på...* svarede læreren *... det er en opgave; bagefter er det tetid.* Det var tydeligt, at Tine ikke var tilfreds med det svar.

Isen var tynd og klar, og helt inde ved stranden kunne man se sandbunden gennem den. Der lå nogle visne kviste nede i vandet, som langsomt rullede frem og tilbage.

Han gik ud over isen. Strandkanten var snart ikke længere synlig bag ham, og foran var der heller ikke synligt land. Efter et stykke tid kunne han ikke se de andre.

Kvistene, som viste sporet over isen, blev efterhånden mindre og mindre, og afstanden mellem dem blev større. Længere ude var der ingen kviste, sporet var nu blot markeret med små bunker sne, som var skrabet sammen.

Til sidst var der slet ingen markering af sporet. Solen var forsvundet i disen, og der var intet, der angav retningen. Han fortsatte fremad og håbede, at han ikke gik i ring. Han håbede også, at der var land på den anden side. Måske var der bare hav.

Det var også bare lige meget. Det kunne alligevel ikke blive værre. Han var ensom og modløs ude på isen. Men det var han også inde på land. Så det gjorde ikke den store forskel.

Isen begyndte at knage. Så gav den efter, revnede, og fødderne sank langsomt ned i vandet. Kulden begyndte at krybe op langs benene. Freddy stod ved siden af sengen med hans dyne i favnen. Stormen hylede ude i plantagen, og man kunne høre en låge eller en lem, der smækkede op og i.

– *Du må vågne*, sagde Freddy.

– *Hvorfor det?* han forestillede sig, at taget var ved at blæse af huset.

– *Fordi jeg skal spørge dig om noget*, svarede Freddy.

– *Nu? Det er jo midt om natten!* Det tog Freddy sig ikke af. Han fortsatte:

– *Hvad nu, hvis man begår selvmord, og skal kremeres - er det så smertefuldt, når man brænder op?*

Han så på Freddy, og vidste først ikke rigtigt, hvad han skulle svare:

– *Og hvad nu, hvis du bare fik overstået det der selvmord? Så kunne jeg måske få lov til at sove videre...* sagde han efter nogen betænkningstid ... *og giv mig så lige min dyne igen.* Ikke, at han selv troede på, at han ville kunne falde i søvn igen.

Savn

I timerne havde han altid en fornemmelse af, at være spærret inde. Der var trangt og skummelt. Det var svært at forudsige, hvad lærerne ville have, man skulle gøre. Det føltes utrygt.

Han havde også en fornemmelse af, at kammeraterne så det som deres vigtigste - eller måske eneste - opgave at forhindre undervisningen. Eller - at lade som om, den ikke var der. Det lignede slet ikke timerne i Store Magleby - eller i Herlev.

Han tænkte, at lærerne havde det på samme måde. Det var bare noget, der skulle overstås.

Undtagelsen var en ung lærer, der startede sin første time på skolen med at sige, at de skulle kalde ham Bertil. Sært. Lærere hedder *hr.*

Hermansen eller *hr. Smed* - eller måske *Majoren*, til nød *hr. lærer* - men ikke *Bertil.*

Bertil underviste i dansk og geografi. Der var ingen bøger. De fik kladdehæfter, og han skrev teksten på tavlen - efter at have brugt lang tid på at tegne linier efter linealen, som han kunne skrive på. Så brugte de det meste af timen på at skrive af.

Tilsvarende i geografi. Forskellen var blot, at hæfterne var uden linier. Så skulle de tegne af efter et kort, som blev hængt op på tavlen.

Midt på kortet stod der meget tydeligt *das Deutsche Reich* - som om, det var det eneste land i Europa. De andre landes navne stod der også - f.eks. *der Dänemark* - men de var på en sær måde gjort mindre tydelige.

Landegrænserne var ændret med blyant; dem, der var trykt på kortet, var åbenbart ikke gode nok. Ved en af grænserne var der tilføjet *Oder-Neiße* i hånden. Bertil forklarede aldrig, hvorfor kortet var rettet - eller hvorfor, der ikke var blevet trykt et kort uden fejl.

Bertil var rar. Han gik frem og tilbage ad den smalle gang mellem de to rækker, og satte sig på hug ved hvert bord for at tale med hver enkelt. Det var der ingen af de andre lærere, der gjorde.

En dag sagde han, at han havde en meddelelse, som han syntes var lidt trist:

– *Jeg skal skifte til en rigtig skole...* startede han, men så med det samme forkert ud i ansigtet ... *til en almindelig skole...* rettede han det til, men var stadig ikke tilfreds ... *jeg har fået nyt job på en anden skole,* endte han med at sige.

Bertil var et lyspunkt - de få måneder, han var der. Der var andre lærere, mest de unge, som kun var der i kort tid. Men det gjorde ikke så meget. Der var intet, der tydede på, at Majoren ikke ville blive der til evig tid.

Efter skoletid var der lidt fritid, inden tetid og lektielæsning. Fritiden var ensom. Han vidste ikke, hvad han skulle gøre af sig selv. Læste ind i mellem. Eller gik hvileløst frem og tilbage mellem værelset og opholdsstuen. Talte med Freddy eller Maiken, nogen gange med en af de andre - men det meste af tiden ensom. Trist. Følte sig tom -

inden i - ved tanken om, at han ikke var i Dragør.

Den første tid, da han boede på firesengsstue, var der ingen steder, hvor han kunne være alene. Der var altid nogen omkring ham, der var altid larm og uro. På tomandsstuen var der mere fredeligt. I starten lagde han sig på sengen og græd, når ingen så det. Efterhånden, da det ikke forandrede noget, stoppede han med det. Måske, hvis man bare holdt op med at tænke, ville det forsvinde af sig selv - minderne, ensomheden, savnet, smerten, skolen, det hele.

Selvfølgelig var det blevet bedre, da han blev kæreste med Maiken.

Det var et brud på alle regler, men en dag fortalte han hende om den top-10-liste, drengene havde lavet over klassens piger. Han havde ikke nået at overveje hvad han ville svare, hvis hun spurgte om sig egen placering. Men hun spurgte ikke; hendes reaktion var en helt anden:

– *Nej, hvor primitivt...* sagde hun, og nu forventede han en opsang, om hvor dumme drenge var. Men igen tog han fejl: *...sådan én har vi da haft hele skoleåret! Men vores er meget smartere: Vi har sedler med jeres navne på indersiden af døren i Jonnas garderobeskab. Du må altså ikke sige, at jeg har fortalt det!*

– *Nej. Ama'r.*

– *Så sætter vi røde hjerter på sedlerne - de der små klistermærker. Men vores system er hemmeligt, så vi går ind på Jonnas værelse én ad gangen. En gang om ugen laver Jonna en hitliste. Og det her må du slet ikke sige: Jeg har flyttet to af dine hjerter over på William, for at du ikke skulle komme for højt op på listen!*

– *Hvorfor må jeg ikke...* men så forstod han logikken i hendes manipulation; han var dog lidt skuffet over, at han på den måde muligvis havde mistet en god placering.

Hans matematiske tankegang gav straks anledning til nye indvendinger:

– *Men hvis nu Lonnie er den første, og Tine er nummer to, så ser Tine jo Lonnies hjerte!*

– *Vi er da smartere end det: Første gang gik vi allesammen ind én ad gangen og satte et hjerte et tilfældigt sted. Resten af året må man kun flytte sit eget hjerte; en gang om ugen. På den måde er der ingen,* der ved, hvem der har sat hjerterne hvor. Bortset fra én selv.

Han gennemtænkte fremgangsmåden:

– Og hjerterne er ens?

– Joh. Men man kan jo nok godt huske, hvor man har sat sit eget hjerte. En gang satte jeg mit på Freddy, fordi jeg syntes det var synd, at han aldrig kom på listen.

Systemet byggede på en grad af ærlighed, som ingen ville forudsætte i drengegruppen; men han kunne ikke finde andre indvendinger. Og han bryggede videre på ideen:

– Hvis nu alle i klassen var kærester, og der både var en drengeliste og en pigeliste, så kunne det være sjovt at se, om de fulgtes ad.

– Hvad tænker du på? Hvordan kan de følges ad?

– Jo, sådan at nummer fire på drengelisten så var kæreste med nummer fire på pigelisten.

– Du tænker sært! Skulle jeg så være kæreste med William, bare fordi jeg stod øverst på listen?

– Ja, hvis ... svarede han og fortrød det straks.

– Jeg har det fint med at stå øverst på din liste... hun kiggede først tænksomt op mod loftet og prikkede så med storetåen til hans knæ ...men hvis jeg skulle lave pigelisten, så kom Jonna til at stå øverst; hun er både den kønneste og den sødeste af os.

Han spekulerede på, om der var en eneste af drengene, som ikke ville sætte sig selv øverst på drengelisten.

Klipning

De stod i køen, han og Maiken, henne ved køkkenet, for at hente dessert til bordet. Man hentede på skift til sit bord - ikke bordformanden, selvfølgelig. Først alle pigebordene, og derefter drengebordene. Maiken var den sidste af pigerne; hun var altid lidt langsom. Hvis man ikke fik noget for at skynde sig, kunne man jo lige så godt lade være. Han sad ved det nærmeste bord. De andre skyndede altid på én, når man skulle hente. Derfor var han den første af drengene.

– Hun er dum... det var sjældent at opleve Maiken på den måde *... hun er rigtigt dum, frk. Mikkelsen!*

Han vidste, at det var kostlæreren på pigeafdelingen. Hun var vist skrap, men han havde aldrig selv haft noget med hende at gøre.

– Hvorfor er hun dum?

– Hun har givet mig stuearrest hele eftermiddagen ... og også i aften.

– Hvad har du lavet? spurgte han.

– Ikke noget... svarede hun *... altså, næsten ikke. Og det var Katja, der fandt på det.*

Det lød ... spændende. Så han måtte spørge igen.

– Stille. Ingen snakken i geleddet! råbte en af lærerne efter ham. Men så var der, heldigvis, uro længere nede i køen:

– Tine fik klippet håret... han bemærkede den grammatiske passivform *... noget af det.*

– Af hvem? Hvem gjorde det?

– Katja holdt hende. Det er fordi, hun altid er så ... hun skal altid bestemme ... og være bedre end os andre.

Man havde altid en fornemmelse af, at Tine skulle godkende alting ... alt, hvad man sagde. Men hun fortjente ikke blive overfaldet på den måde; han tænkte tilbage på den eftermiddag, hvor de fik kakao og hveder hos Elsebeth. Og hvor Tine havde kæmpet en halv time med piskeriset for at piske flødeskum.

En overraskende følelse kom op i ham; det var vel ømhed. Han følte trang til at finde Tine og tale med hende. Hun var irriterende, ind imellem. Men hun gjorde det ikke med vilje. Og så kunne hun faktisk også være rigtigt sød.

– Du er ikke helt tilfreds med mig, kan jeg se... sagde Maiken *... det er der så ikke noget at gøre ved; det tilfælde var indtruffet, at en kvinde måtte gøre det, en kvinde må gøre.*

Han kunne ikke lade være med at more sig en smule; så spurgte han:

– Hvad betyder det egentlig, det du lige sagde?

– Ja, det ku' du li' at vide!

De var nået frem til køkkenskranken - der var fromage til dessert - så han fik ikke anden forklaring.

– *Hvorfor ser du så fjoget ud?* spurgte William, da han kom tilbage til bordet med fromagen.

Frk. Mikkelsen tilbød Tine penge til frisøren. Det afviste Tine; hun foretrak at gå med en hue trukket ned til øjnene. Og skulderlangt hår i venstre side. Maiken var ikke tilfreds med beslutningen.

Stille stund

Der var en stor grund, som var delvist tilgroet. På grunden lå der flere små og store hytter. I en af dem var der gymnastiksal.

I kælderen under gymnastiksalen var der baderum. Det var et koldt og lidt uhyggeligt rum med bare betonvægge uden fliser. Freddy fortalte om rørene i loftet; dem var der mange af:

– *Det er tyskerne, der har sat dem op. Nogen af dem er til vand. Men ved du hvad? Nogen af dem er til giftgas!*

– *Hold nu op, Freddy!*

– *De er lavet, så man kunne lokke fjenderne her ind, fordi de troede, de fik et bad. Og så kunne man dræbe dem med gassen!*

Hans historie var forvrøvlet, og gav ikke rigtig nogen sammenhængende mening. Men uhyggelig var den.

– *Og måske er der stadig gas i nogen af hanerne...* fortsatte han uanfægtet *...hvis læreren tager fejl, så dør vi!*

Det var i forvejen ikke særligt tillokkende at bade i de ulækre rum, men Freddys historie gjorde det ikke bedre.

En af hytterne havde et venligt og lyst rum med vinduer ud til flere sider. Her blev der undervist i formning. Papir og bøtter med farve og alt muligt andet var stablet op fra gulv til loft i en syndig uorden.

Efter skoletid gik han derover igen, for at se det udefra. Her mødte han Maiken:

– *Kom!* sagde hun bare, uden at se direkte på ham.

Hun satte sig på et trappetrin på en udvendig trappe, der ledte ned til kælderen. Her var de skjult ovre fra skolen. Hun holdt hårdt i hans overarm, og trak ham med ned ved siden af sig. Han forsøgte at gøre sig fri, for at kunne lægge armen om hende, men hun holdt fast.

– *Sid stille* sagde hun, og satte sig tæt ind til ham. Hun lagde sit hoved mod hans skulder, og han kunne ikke se andet end hendes mørke hår. Når han forsøgte at flytte på sig, holdt hun bare bedre fast i hans arm. Så besluttede han sig for at sidde stille og se, hvad hun ville.

De sad helt stille i lang tid ... eller, det føltes som meget lang tid. Så rettede hun sig op:

– *Tror du ikke, vi skal ind nu?*... spurgte hun uden at se på ham; hendes stemme var grødet ... *det må være tetid.* Hun tørrede sine øjne og sin næse af i sit ærme; det blev vådt. Hun så ned i jorden. Så løftede hun hovedet og så på ham:

– *De er våde - øjnene - fordi de gerne ville have set Mars.*

Så rejste hun sig og gik hurtigt i forvejen i retning af hovedbygningen, og forsvandt sammen med de andre piger i pigernes ende af spisesalen.

Da han så efter hende kom han til at tænke på, hvor meget hun havde forandret sig. Hun havde været en lille, lidt buttet pige; nu var hun faktisk en af de højeste og slankeste i flokken. Hun talte med de andre piger. Så ud til at hygge sig. Han tænkte, at hun var langt bedre til at være social - til at være sammen med andre - end han selv var. Han kiggede stadig på hende. På hendes pjuskede, vildtvoksende paryk. Den lignede mest af alt en høstak; bortset fra farven. En dag ville hun begynde at tage sig af den også. Så ville hun blive en kvinde med smukt og velplejet hår. Sort og blankt. Hun ville glide væk fra ham. Og det er pigen med høstakken, han elsker. De havde haft noget sammen, fordi de begge var usikre og sky. Hun var ved at vokse fra ham.

William fulgte hans blik. Han havde åbenbart lagt mærke til, at de begge var kommet ovre fra hytterne.

– *Hvad er det egentlig, du vil med hende der tude-Marie? Tine ser da meget bedre ud!*

Stakkels William havde sine kvaler på grund af Tine. En dag valgte han at betro sig:

– *Hun er bare for lækker! De der struttende og hoppende patter giver mig ståpik. Bare vi går forbi hinanden på gangen, spermer jeg. Det er s'gu da for ulækkert, at man skal gå rundt med klistrede underhylere den ene gang efter den anden ... på grund af hende.*

Det var selvfølgelig ikke meningen at nogen af pigerne skulle høre om det, men noget tid senere fortalte han alligevel Maiken om det. Med et afdæmpet ordvalg.

– *Det er ikke så tit jeg selv taler med Tine...* svarede hun ... *men William er altså et fæ. Hvis bare han ville opføre sig lidt mere normalt, så tror jeg godt, de kunne blive kærester.*

I mellemtiden kom Tine selv forbi og satte sig; nysgerrig over at høre sit navn nævnt. Hun lagde sin hånd på hans lår, og lod den glide op til gylpen.

– *Jeg skulle bare lige være sikker på, om det nu også er William, vi taler om...* forklarede hun med et skævt smil ... *frikendt!*

Slyngelstuen var et rum inde bag rummet med billardbordet. Her stod to gamle og meget slidte chesterfieldsofaer. De stammede sikkert fra foyeren på et hotel eller fra et eller andet firmadomicil. Sædet består af tre store læderpuder fyldt med dun. Eller, mere nøjagtigt, der var ikke længere dun i dem. Georg mente, at de var lige så slatne som patterne på en gammel luder. Lige præcis hvor han havde den reference fra, var lidt uklart.

En eftermiddag var de fleste af drengene fra klassen samlet i de to sofaer. Freddy var i gang med at udlægge en af sine hypoteser om, hvordan verden hænger sammen. Freddy blev tålt. Han blev ustandseligt mobbet, men det så ikke ud som om, han registrerede det.

I dag talte han om drømme:

– *I løbet af natten vokser tankerne inde i hovedet som en plante, med en masse forgreninger. Som en febernellikerod, der giver infusionen af drømme i hjernen.*

– *Hvad fanden er en febernellikerod?* spurgte Georg.

– *Når man er sanselig, pronerer man alle de imbecile grene og smider dem i en kurv til haveaffald. Og så er den begavede tanke tilbage,* fortsatte Freddy uanfægtet.

Freddy brugte ordene på en måde, som måske strengt taget ikke var helt meningsløs, men dog afveg betydeligt fra gængs sprogbrug. Med 'sanselig' mente han vel, at man var ved sine sansers fulde brug; eller 'vågen', som de fleste ville sige.

– *Hos Freddy er det bare omvendt...* Georg anglede efter et grin hos klassen *... han klipper alle de begavede tanker væk, og ender med det rene vrøvl!*

Ud i mørket

– *Vi skal flytte!* råbte Freddy fra toppen af trappen. Han virkede meget opstemt, nærmest begejstret.

– *Flytte? Hvorhen?* spurgte han uforstående.

– *Over på præfektgangen!*

Begejstringen fandt ikke genklang. Han vidste ikke rigtigt, hvad det indebar. Og han havde slet ikke hørt om muligheden for at flytte.

– *I tager bare jeres ting, og flytter dem derover...* sagde kostlæreren uden yderligere forklaring *... Ivar vil forklare jer resten.*

Præfektgangen havde et veludbygget hierarki. De sidst tilkomne skulle bo på et bestemt værelse, og så flyttede man efterhånden. Et anciennitetsstyret avencementssystem. Med den laveste anciennitet havde skulle man bl.a. rense toiletterne. Men det var ikke det værste. Rengøringen skulle forgå fredag formiddag på lange week ender. Det indebar, at man ikke kom med den samme bus, som de andre, men skulle med vognmandens rugbrød to timer senere.

Det var uoverskueligt! Muligheden for at komme hjem hver anden uge var det, der fik det hele til at være udholdeligt. Han ville også miste muligheden for at sige farvel og på gensyn til Maiken på Hans Knudsens Plads; det var blevet en tradition, som han i hvert fald så frem til. De to timers ekstra ventetid var en katastrofe!

– *Så må I jo flytte tilbage til alumnefløjen,* var kostlærerens konklusion. Men I må flytte ind hos de små, for jeres værelse på storegangen har jeg allerede givet videre.

Freddy var sur! At han også skulle flytte tilbage var ikke helt logisk; men det var vel en del af det kollektive disciplineringssystem.

Alt kollapsede omkring ham. Fyrreplantagen omkring skolen blev endnu mere dyster og truende. Freddys fantasier om, at de i virkeligheden var trolde og hekse, var pludselig ikke helt så usandsynlig. At hans placering på dette sted var en del af et større komplot, var med ét helt plausibel.

Hændelsen var ikke årsagen; den var den udløsende faktor for den lavine af årsager, som havde hobet sig op.

Det var en lys majaften. Birketræerne i plantagen var lysegrønne. Fyrretræerne lignede vel egentlig sig selv. Himlen var ikke helt mørk endnu, en enkelt aftenstjerne tindrede.

Han gik langsomt op ad indkørslen mod vejen. Uden plan. Havde en tydelig fornemmelse af, at den her beslutning var mindre smart. Men havde ikke evnen til at ændre den.

Gik ud ad landevejen. Det blev helt mørkt. Trafikken tog af. Vidste ikke helt, hvor han ville gå hen. Men det var også lige meget. En mild natbrise tog fat i skjorten. Det her var slet ikke planlagt. Han havde ikke overtøj på. Havde ingen penge. Men vejret var med ham.

Der gik et par timer. Ude på landevejen, i nærheden af Kregme, blev der pludseligt helt lyst omkring fødderne. Han var langt væk i sine egne tanker, og forstod først ikke hvad det var. Så så han refleksen af blåt blink i skiltene lidt længere fremme ad vejen.

Vendte sig om, og blev blændet af lyset:

– *Ja, dig! Kom lige herhen. Vi vil tale med dig.*

Han satte sig ind på bagsædet af politibilen, og begyndte at ryste af kulde.

– *Hvad laver du her ude på landevejen, klokken et om natten?*

De kørte ham tilbage til skolen. Kostlæreren, som havde nattevagten på kostafdelingen, var blevet tilkaldt:

– *Vi må jo finde en løsning på det her...* sagde læreren, da politiet var kørt igen ... *vi kan jo ikke have elever her, som ikke er rigtigt glade for at gå her.*

Han så på mig med et alvorligt blik og fik det til at lyde som om, at det var en straf, at jeg ikke kunne fortsætte. Den manglende indlevelsesevne undrede mig; jeg havde hadet opholdet på skolen inderligt og vedholdende siden første dag. Den mulighed, at man kunne være glad for det, var aldrig faldet mig ind. Men nu var en forandring i det mindste uundgåelig.

Ny start

Efter kostskolen blev jeg indlagt på børnepsykiatrisk afdeling i Glostrup. Der var jeg de sidste måneder af det, der burde have været min syvende klasse.

Der var helt fredeligt. Ingen larm og ballade efter lyset var slukket og kostlæreren var gået hjem. Ingen, der fortalte mig, at det klogeste var at holde sig på afstand af de voksne.

Kontrasten var stor. For stor, måske. Jeg havde svært ved at sove om natten. Nattevagten kom og hentede mig:

– *Kom, kan du ikke liste lige så stille med mig ud i kjøkket?* sagde hun.

Hun fortalte om sin far, der var fisker, og om at de røgede sild. Jeg syntes, det lød sødt og lidt pudsigt, når hun talte dialekt. Ind imellem måtte jeg spørge hende, når der var noget, jeg slet ikke forstod:

– *Bella? - hvad er det for noget?*

– *Børn, du ved. Og du holder jo dem vågne, når du går rundt på stuen om natten,* svarede hun. Nej, det vidste jeg ikke, men det gjorde jeg så nu. Hun sagde også *overe,* når hun mente *i København.* Men det regnede jeg selv ud.

Så lavede hun kakao til mig. Og snakkede med mig. Men når hun spurgte, hvad der var galt, og hvorfor jeg ikke kunne sove, kunne jeg ikke svare. Ikke, fordi jeg ikke vidste det, men fordi det tilhørte et andet univers. Jeg var overbevist om, at jeg aldrig ville se Maiken igen. Det gjorde fysisk ondt, inde i mig, når jeg tænkte på det. Men, at det var et problem, jeg kunne bringe med mig over i dette univers; at der her kunne findes en løsning på det - det faldt mig ikke ind.

Det var det samme som med mine kammerater i Dragør. Det var tre år siden, jeg havde set dem sidst. Men at der ikke var en uovervindelig barriere - det faldt mig heller ikke ind. Tiden på kostskolen havde været så overvældende, at tidsoplevelsen var forsvundet. Der gik mange år, før det gik op for mig, hvor kort tid, det egentlig var. Og at mindet om mig ikke var udslettet i deres hukommelse. Ingen fortalte mig det ... måske fordi, jeg ikke spurgte.

En dag fandt jeg en lap papir i lommen på min vindjakke. Det var halvdelen af en side, der var revet ud af et kladdehæfte. Sammenkrøllet og nusset efter længere tids upåagtet ophold i lommen; jeg var tæt på at smide den ud. Men så glattede jeg den ud og læste, hvad der stod:

> Dengang
> bare et valg.
> I dag din vej.

Der var også en tegning af en kat med meget store øjne og tydelig, lodrette pupiller. Tegningen var en signatur; det var noget, Maiken havde lært af Jonna.

Smerterne kunne undgås, hvis jeg undgik tankerne. Jeg afviste dem som irrelevante, som fri fantasi. Som noget, jeg ikke burde beskæftige mig med. Og gjorde det effektivt i flere år. Indtil Lena begyndte at rode op i det.

Eller, i virkeligheden også i mange år efter det. For til at begynde med afviste jeg egentlig også Lenas instruks til lygtetænderen. Det var først mange, mange år senere, i toget frem og tilbage mellem Høje Taastrup og Århus, at jeg begyndte at tage det rigtigt alvorligt.

Den røde attachémappe

Toget stoppede i Odense. Her er der altid mange, der står af og på. Iført spadseredragt og rød attachémappe; hun havde pladsbillet til den plads, der netop var blevet ledig ved siden af mig. Så træt ud.

Hun flyttede sig lidt rundt på sædet uden rigtigt at kunne finde sig til rette.

– *Ja, I må lige tilgive mig...* sagde hun og skubbede skoene af *...de har plaget mig hele dagen.*

Jeg forsøgte at svare, men havde en tudse i halsen. Opgav at rømme mig, smilede indforstået i stedet.

Så trak hun benene op under sig på sædet og rullede sig sammen - nærmest som en kat. Jeg var forbløffet over hendes smidighed.

Inden Nyborg faldt hun i søvn. På Sprogø rykkede hun lidt på sig og satte sig til rette, så kinden hvilede bekvemt på min skulder. *Hun ser ud til at trænge hårdt til den lur*, tænkte jeg, og lod som ingenting. Udvekslede et indforstået blik med ham på pladsen overfor. Løftede kaffekoppen op til munden med venstre hånd.

Toget kom op fra tunnellen; Sjælland passerede forbi ude i mørket. Hun sov tungt indtil Borup:

– *Du skal vågne! Vi må op, Henrik!...* hun rakte ind over mig. Tog fat i mit venstre håndled. Løftede armen for at se uret. Da hun opdagede, at jeg ikke havde ur på, fortsatte hun *...hvor har du gjort af dit ur?...* så forvirret på mit ansigt *...Gud nej, det må du altså virkelig undskylde.*

Jeg svarede fraværende:

– *De rien.*

– *Vous êtes français, Monsieur?* spurgte hun.

– *Nej, undskyld, jeg var også bare langt væk - i mine egne tanker*, svarede jeg.

– *I Paris ...peut être?* foreslog hun med et skælmsk smil.

– *Næh, i Helsingør, såmænd blot.*

Hun spurgte, om det var Slagelse, vi netop var kørt forbi. Jeg svarede, at det var Roskilde. Hun fandt sin venstre sko inde under sædet. I Høje Taastrup sagde vi pænt farvel og ønskede glædelig jul. Med håndfladerne imod hinanden, og et lille genert smil, holdt hun hænderne op til sin venstre kind:

– *Ja, nu kender vi jo næsten hinanden.*

Matrosen

Tilbage i Høje Taastrup. Onsdag før jul. Rastløs, efter tre dage med mennesker tæt omkring mig. Omstilling; nu var det ferie. I stedet for at køre direkte hjem, kørte jeg til Dragør. Dragør, som kunne have været min hjemby, var en næsten ukendt by.

Kørte lidt rundt; fandt det hus, hvor Mona havde boet. Genkendte det på det springende marsvin på gavlen.

På strandengen ved fortet var der nu en marina. Der stod et skilt om, at færgeforbindelsen til Limhamn snart ville lukke; men den var vist egentlig allerede lukket et par måneder tidligere. Badehotellet lignede sig selv. Her havde vi været til Bentes fødselsdag - med et stort juletræ - en gang i anden eller tredie klasse.

Jeg standsede bilen ved siden af lystbådene, som var trukket på land. Lyttede til linernes klapren mod masterne. I retningen mod Saltholm sås byggeriet af Øresundsbron. Flyene kom ind til landing; jeg vidste, at de rettede ind efter landingsbanen et sted ovre nord for Saltholm. De røde og grønne lanterner vippede op og ned, når piloten arbejdede for at holde kursen i den kraftige blæst. Utallige gange har jeg oplevet landingen i Kastrup; kaptajnen omtaler denne fase som final approach.

Kølerens blæser stoppede ude i motorrummet, og der blev stille i bilen. Jeg sad ganske stille i lang tid. Tænkte på ingenting. Havde bare brug for at være alene. Eller ... at tænke over, hvorfor det var blevet, som det var.

Erindringen om Rikke, der lænede sig ind over bordet og ønskede mig velkommen til Bagsværd, dukkede op. Og følelsen umiddelbart før. Jeg havde tænkt på Maiken, og følt mig virkelig syg indeni. En følelse og en sindstilstand, som jeg ellers kun har oplevet ved et nært familiemedlems død. Som den aften på havnen i Helsingør, efter Brors død.

Maikens ansigt var dukket op lige foran mig. Så tæt, at jeg næsten kunne mærke det. Hendes næse åndede på min, hendes læber formede mine. Jeg tænkte, at nu forstår jeg, hvad Freddys spøgelser er skabt af. Her, på Marinaen i Dragør, mærkede jeg stadig det sår, hvor Maiken burde have været. Det havde været skjult, tildækket som med et plaster, men aldrig lægt.

Vi var aldrig blevet færdige med hinanden.

Men hvad var der egentlig galt? Der var ikke noget i vejen med min tilværelse. Jeg savnede blot en oplevelse af sammenhæng. Der var et uopfyldt behov for mening. Mærkede en salt smag i ganen. Følte desperation over, at tid var gået og ting ikke længere kunne ændres.

At jeg havde foretaget tankeløse valg, som nu definerede mit liv. Det var nu, jeg forstod, hvorfor der ikke havde været plads til Rikke.

Der var en pause i perlerækken af landende fly. En startende MD-80'er kom sydfra, fra Køge bugt, steg op mod himlen over broens pyloner; landingslysene var stadig tændt og de forrevne skyer blev oplyst et kort øjeblik. Så forsvandt den i skyerne på sin vej mod Gardermoen eller Arlanda.

Eller et andet sted.

Satte mig til rette i sædet og startede bilen. Følte optimismen vende tilbage. Selvfølgelig kunne jeg gøre noget ved det.

Gjorde holdt oppe i byen. Fik en burger og en Tuborg Classic på et værtshus; Matrosen. Bjælker i loftet og kultegninger af bymiljøer fra Dragør på væggene. Folk kom der med deres børn; hyggeligt. Øllen var overraskende hurtigt tom; flaskerne må være krympet.

Burgeren, derimod, var gedigen. Jeg var fortsat hensunken i mine tanker og bekymrede mig ikke meget om min fysiske fremtræden.

– *Du kan fand'me da ikke sidde her og ligne din mosters gravøl!* en af mændene fra den modsatte ende af bardisken stod pludselige foran mig. Jeg blev noget forskrækket og overvejede, hvilke af de lokale, sociale regler, jeg havde overtrådt.

Inden jeg nåede at formulere mig, stillede han en øl på bordet foran mig:

– *Uden mad og drikke ... og så videre ... især drikke, forstås...* sagde han med et stort grin ... *nu får du s'gu den her fordi det er jul. Og se så bare at komme op på hesten igen.*

Der var noget sært ved at være i Dragør. Jeg har ikke boet der, siden jeg var barn. Jeg har kun været der, når vi besøgte Far. Men alligevel følte jeg mig hjemme på en rar måde. Da jeg havde gnavet mig igennem burgeren, så jeg mig om efter mændene. For at ønske glædelig jul til afsked. Men de var allerede gået.

Samme aften, da jeg var hjemme igen, ringede jeg til Mona. Vi aftalte at ses. Efter nytår, fire uger senere, da jeg igen skulle til Århus for at holde kursus sammen med Jens.

Oprydning

Det var en rigtig arbejdsgiverjul; juleaften faldt på en fredag. Så der var næsten ingen gratis feriedage, men vi besluttede alligevel at holde julelukket mellem jul og nytår.

Jeg brugte juledagene på at bringe orden i de erindringer, jeg havde opsamlet gennem årene. På dette tidspunkt havde jeg ikke besluttet mig for at skrive noget ned, men jeg begyndte at føle et behov for at fastholde det som andet end tanker.

Gabet

Lena havde ret. Der var et gab. Mellem Dragør og Bagsværd; jeg måtte have min verden til at hænge sammen. Og det var vel startet den aften i Stengade.

Efter brudet med Lena havde der så været et langt moratorium, som sluttede med, at Storebæltsbroen blev åbnet.

Før den faste forbindelse bragte mit job mig ofte til Århus. Op imod en gang en ugen, i perioder. Jeg fløj til Tirstrup. Det var en forjaget tilværelse, som ikke levnede tid til fordybelse. Afsted med pyjamasflyveren fra Kastrup: Møde i god tid før afgang, vente på deicing, taxi'e ud til den anden ende af lufthavnen, femogtyve minutter i luften, halvanden time med limoservice til den sydlige udkant af Århus. Jeg havde et lidt sarkastisk forhold til det der med at sige, at jeg var *fløjet* til Århus - flyet nåede jo dårligt nok op i fuld flyvehøjde.

Det var stressende; ved en enkelt lejlighed sad jeg ude i parkerings-huset i bilen og var usikker på, om jeg overhovedet havde en aftale i Århus den dag. Det var tidligt, så ingen kolleger var mødt. Det var ikke muligt at ringe og spørge nogen. Jeg endte med at tage chancen, og gik ind til skranken og bad om min billet, som jeg plejede. Og bestræbte mig på at se helt afslappet ud.

Da broen åbnede, skiftede vi til toget. Fra Høje Taastrup til Århus. Frem og tilbage. To en halv time hver vej. For mig betød det, at jeg havde tid til at tænke over tingene.

Og erindringerne begyndte at dukke op. Stump for stump. I vilkårlig rækkefølge. Min første oplevelse var, at de var ulogiske. Der var ikke nogen fornuftig tidsfølge. Men den kom efterhånden. Så det, der startede som et puslespil, endte med at hænge logisk sammen. De enkelte brikker måtte genskabes og restaureres med stor forsigtighed, men den logiske sammenhæng i helheden var resultatet af en matematisk øvelse. Det endte som virkelighed for mig.

Undervejs opstod en ny bekymring: Puslespilsbrikkerne gav ikke nogen forklaring. Der var ikke nogen dybt traumatiske oplevelser, som kunne retfærdiggøre min blokering af periodens erindringer. Hændelserne var måske lidt mere intense, end de ville have været på en kommuneskole i Herlev eller Dragør: Alle elever var væk hjemmefra, og vi var sammen hele døgnet.

Men da jeg senere fik kontakt til nogle af mine gamle kammerater fra Dragør kunne jeg forstå, at det sådan set også var gået ret livligt for sig der.

Forklaringen lå ikke i selve anbringelsen eller i noget, der foregik på skolen. Der havde været følelse af ensomhed, forladthed, prisgivelse. Men der havde også været kammeratskab, venskab, kærlighed. Der havde været stærke oplevelser, positive og negative. Så egentlig stod jeg tilbage med et uløst problem. Hvorfor? Hvad gik galt?

Tilbage var fortielserne og bortforklaringerne og oplevelsen af noget fordækt ved mit ophav. Hvad var det, der var så slemt, at jeg ikke måtte få det at vide?

Det overraskede mig, at det kunne betyde så meget. Hvem der

var min rigtige far. Jeg har bildt mig ind, at blodets bånd var en illusion; det menneske, som stillede op og påtog sig ansvaret, <u>var</u> min far. Men når jeg tænker tilbage på ubetydelige hændelser, og min reaktion på dem, så ser jeg klart, at jeg altid har været sårbar omkring min identitet og mit tilhørsforhold.

Da Far gik på pension, holdt han reception for familie, venner og tidligere kolleger. Jeg og min søster var tilstede. Hovedparten af de øvrige tilstedeværende kendte vi ikke. Der blev holdt taler, og brudstykker har brændt sig fast i min hukommelse:

– *Som din gamle studiekammerat skal jeg da også sige et par ord. Vi havde jo nogle festlige år sammen, på Regensen. Godt nok havde du indrettet dig uden tanke for det hensigtsmæssige: Du havde velstillede forældre med bopæl indenfor voldene! Så du kom aldrig ind. Men en hyppig og kær gæst var du ikke desto mindre. Senere kom de mørke år, hvor vi mistede kontakten og måtte undvære din tørre humor i vor midte. Vi forstod, at dit første ægteskab ikke blev den lykkelige oase, man med rette kunne forvente. Man kan vel sige, at du brændte nallerne godt og grundigt på din lille skrivedame. Nå, men det gode kammeratskab har vi heldigvis kunnet genoptage, her i vores livs efterår.*

Formodentlig har han været klar over, at Mor ikke var til stede, men han har måske ikke tænkt over, at vi, min søster og jeg, var der. Eller også har han ønsket at komme ud med et budskab, som han anså for vigtigere end hensynet til os.

Det er som at regne baglæns på en matematikopgave: Når man kender facit, så kan man få alle mellemregningerne til at passe.

Det var ikke skolen, der fik mig til at pjække. Det var ikke forholdene på kostskolen, der fik mig til at tro, at jeg hadede opholdet der. Det var den trussel mod min tilknytning til min familie, som de ting repræsenterede, der udløste reaktionen. Det var fortielserne, der var den egentlige årsag.

Selv mener jeg, at jeg er frigjort af religiøse forestillinger. At jeg er ateist. Og jeg troede - måske lidt naivt - at det samme gjaldt mine nærmeste. Som voksen er jeg gradvist blevet klar over, at det var helt forkert: Arvesyndsskyldkomplekset havde stadig godt fat. Myten om Adam og Eva og den forbudne frugt viser jo tydeligt, hvem det i virkeligheden er, der er den liderlige og forførende!

Så man kan sagtens tage fejl af det, man tror, man er opdraget til.

Når jeg ser tilbage på det, har jeg svært ved at se, hvad det var ved kostskoleopholdet, der var traumatiserende. Jeg kan forestille mig to forklaringer: Den ene er, at der i virkeligheden var tale om flere, kortere ophold på forskellige institutioner, som jeg husker meget dårligt.

Der var en periode inde i byen; jeg tror det var i Sundby; der var sporvogne nede på gaden. Jeg var en periode ude på landet et sted på Sydsjælland; der var en å med fisk. Jeg var en periode i Kalundborg; her kunne man holde øje med færgerne til Juelsminde. Og der var indlæggelser eller observationsperioder af få dages varighed. Det flød alt sammen ud i én uoverskuelig masse, som jeg opgav at holde styr på. Med et stort antal mennesker, som jeg opgav at skelne fra hinanden.

Jeg boede en periode hos min morbror og tante i Birkerød. Når det ikke kom til at fungere tror jeg mest det handlede om, at jeg forsøgte at formulere, hvad der gik galt inde i mit hoved: Det blev tolket som utilfredshed med ydre forhold.

Kostskoletiden var blot den længste sammenhængende periode. Den anden er, at hukommelsen er selektiv; jeg husker bedst det, der trods alt var positivt. Perioder, hvor jeg var ensom og følte mig forladt, er der ikke så meget at fortælle om. Men de har vel sat sig sine spor.

De to perioder, før og efter gabet, var virkelighed. Men de var uafhængige. Jeg måtte have en bro mellem dem, inden jeg kunne fylde gabet op. Og dermed et brohoved på hver side. Det måtte være Lena og Mona. På en eller anden måde lignede de hinanden. Lena var den voksne Mona. Men aldersforskellen var for stor; de befandt sig på hver sin side af puberteten. Så derfor var det nødvendigt med en nutidig erindring om Mona. Det måtte etableres som en kendsgerning, i min bevidsthed, at Mona ikke var et fatamorgana. Kontakten til hende var nødvendig for mit projekt.

Erindringen om en lang og kærlig nat på kollegiet dukkede op. Tine fra Bornholm. I sine tidlige pubertetsår havde hun valgt at skære i sig selv. For at fjerne ulykkelige følelser. Jeg havde valgt at skære i min hukommelse. Måske af samme årsag.

Donorbarn

Mens Mor levede havde jeg det dårligt med at udspørge mine omgivelser om de ting, hun ikke ville svare på. Efter hendes død blev det gradvist nemmere.

Baggrunden for kontroversen mellem Lena og Mor fik jeg af min søster: Natten før var Bror trængt ind på hendes værelse og havde gjort tilnærmelser. Det var vel ikke en egentlig forklaring; den ligger vel mere i temperamenternes uforlignelighed. Hvad den ene havde i ureflekteret spontanitet, havde den anden i overbevisningen om dialogens ubetingede formåen som konfliktløser.

Kort efter var Bror rejst hjem til Svendborg.

Min moster kunne fortælle, hvem 'ham der russerfyren' i virkeligheden var: Før jeg blev født havde Mor kortvarigt været gift med en mand, som var efterkommer af russiske immigranter. Ægteskabet var barnløst. Så Fars formodning om, at 'russerfyren' var min far, var altså forkert.

Senere fandt jeg ud af, at hans navn var Andrej - vel egentlig Андрэй.

Moster beskrev Mor som den der beundrede storesøster, som alle mænd rendte efter, og som bare gjorde, hvad hun havde lyst til. Og slap godt fra det. Hun refererede, hvad Mor havde sagt efter skilsmissen fra Andrej:

– Så, nu har jeg prøvet at være gift, og det kom der jo ingen børn ud af. Så nu vil jeg gå ud i byen og finde en mand med sunde gener. Så kan han blive far til mit barn.

Og det gjorde hun så - omkring otteogtredive uger før min fødsel.

Jeg formoder, at det var det hun mente med, at jeg var et ønskebarn. Altså, hendes ønskebarn. Ikke de involverede mænds ønskebarn.

Fra et andet familiemedlem har jeg hørt om Mormors reaktion på begivenhederne:

– *En pæn pige tager ikke på campingtur med en gift mand!*

Derefter talte hun ikke til sin datter i et halvt år.

Det er åbenbart min lod at måtte leve med bevidstheden om, at jeg er produktet af et overgreb. Ikke helt den form for seksuelt overgreb, man sædvanligvis har i tankerne; ingen af de to parter var helt uskyldige. Men dog et overgreb.

Jeg kender identiteten af min delvist frivillige sæddonor. Og på mine halvsøskende - en storebror og en lillesøster, helsøskende. Vi har ingen kontakt; min formodning er, at der er grene på mit stamtræ, hvor jeg stadig ikke er et ønskebarn.

Mor fortalte engang, mens vi endnu boede i Dragør, om en tur ned gennem Europa. Toget havde kørt ganske langsomt på ødelagte spor gennem Hamborg. Det havde holdt stille i lange perioder flere gange, mens sporet blev ryddet eller repareret. Eller fordi der var trafikpropper på jernbanenettet.

Mens toget holdt stille, eller kørte langsomt, løb børn langs togstammen og tiggede chokolade og cigaretter: Den eneste gangbare valuta i det hærgede land. Ved fortællingen opstod erkendelsen af krig som en modbydelig kendsgerning, det ikke er rart at tænke på, men som man er nødt til at forholde sig til.

Mange år senere fortalte Moster om rejsen: Mor tog til Paris i sommeren 1945, kort efter krigens afslutning, som nittenårig, uden at fortælle familien om det. Det var åbenbart hendes plan at blive kunstner i den franske hovedstad. Som så mange andre, håbefulde unge mennesker, gennem seklerne. Formodentlig har der boet kunstnere på Montmartre, som har bidraget til hendes ophold: Jeg har lejlighedsvis kontakt til fjerne slægtninge; når vi klarlægger den indbyrdes, familiære relation er det sket, at de siger, at jeg jo så er søn af deres kønne kusine. Det kan jo være, at hun stadig pryder væggen i et par værtshuse i kvarteret nedenfor Sacré Coeur.

På den måde fik jeg et indblik i, hvad fortielser har betydet i mit liv. Og omvendt en erkendelse af, hvad fantastiske mennesker udenfor min nærmeste familie har betydet for mig.

Hårdt arbejde

Som så mange andre erkendelser fra denne periode var den ikke noget, der kom af sig selv. Den hang som fragmenter i et net af tynde tråde, der nemt kunne briste. De bestod af tyndt og sart glas, som nemt knustes. De skulle håndteres med stor forsigtighed for at detaljer og sammenhænge ikke skulle gå tabt. Hvis jeg samlede skårene op fra gulvet, og forsøgte at sætte dem sammen, gik sandheden let til spilde. Blokerende følelser kunne uvarslet dukke op; så var der dele af nettet, som jeg måtte gå udenom - eller gemme til en mere gunstig kontekst. De tydeligste erindringer var ikke repræsentative; de var allesammen filtreret. Svage briser og ufuldstændige hentydninger måtte være rettesnorene i denne proces; logiske ræsonnementer og præferencer for bestemte konklusioner var helt ødelæggende. Derfor var det så stort et arbejde.

Uønsket

Hvad vil det sige, ikke at være ønsket? Når en hund ikke er ønsket, bliver den aflivet. Når et liv ikke er ønsket, kører man i havnen. Når en sandhed ikke er ønsket, fortier man den. Når sympati ikke er ønsket, vender man ryggen til. Når et ægteskab ikke er ønsket, bliver man skilt. Hvad gør man mon med et barn, der ikke er ønsket?

På et senere tidspunkt, det var midt i teenageårene, spurgte jeg den ene af mine morbrødre. Han og Mor havde altid, også i ungdomsårene, været meget tætte. Så om nogen vidste noget om min far, så måtte det være ham. Hans reaktion var nogenlunde den samme som Mors:

– *Ved du hvad. Det der må du tale med din mor om.* Det var tydeligt, at han ikke ville blande sig.

Jeg tror ikke på blodets bånd. Min far er den person, der stillede op og påtog sig opgaven. Sæddonoren er ligegyldig. Det betyder ikke så meget, *hvad* der bliver løjet om. Det betyder meget mere, *at* der bliver løjet. Hvorfor var det så nødvendigt at lyve for mig? Hvad er der galt med mig, siden de ikke mener, at jeg kan tåle at høre sandheden? Som voksen forstår jeg, at det ikke var hensynet til mig, der var det afgørende. Men det forstår et barn ikke.

Der har været mennesker i mit liv, som har været nærværende og omsorgsfulde. Mennesker, som har givet mig et puf i den rigtige retning. På det rigtige tidspunkt. Eller, som måske blot har været der med et menneskeligt nærvær, der har haft betydning for mig. Et nærvær i en fremmed verden udenfor min egen familie.

Farmor var i mange år i periferien af, hvad jeg ville kalde min nærmeste familie. Da Mor og Far blev skilt, var der en periode hvor vi ikke havde kontakt. Så blev Far gift igen, og hans nye kone sørgede for, at kontakten blev reetableret.

Farmor var en lille, spinkel dame med et fantastisk helbred. På en paradoksal måde havde det den konsekvens, at hendes liv blev ret ubarmhjertigt. Hun passede alle i sin nærmeste familie, når de blev gamle og syge. Bedsteforældre, forældre, sigerforældre, tanter, niecer, søskende, sin mand. Alle så hun dø omkring sig på nærmeste hold.

Der er mennesker, der mentalt mister forbindelsen med verden, mens kroppen lever videre, når de bliver gamle. Med Farmor var det omvendt. Vi var til familekomsammen os hende i hendes lille, mørke lejlighed på Steenwinkelsvej får år før hendes død. Farmor havde altid lavet maden selv, men denne gang var den bestilt hos slagteren.

På et tidspunkt trak hun mig tilside. Ved sjældne lejligheder følte hun tilskyndelse til at være fortrolig med mig:

– *Du er den eneste normale i denne familie...* jeg vidste ikke rigtig, hvad jeg skulle svare, men jeg var ikke helt utilbøjelig til at give hende ret ... *og så er du endda tilkommen.*

Nogle mennesker mener, at de i høj alder erhverver retten til at sige tingene lige ud. Hun er den eneste, der nogensinde har sagt direkte, at jeg var atypisk i familien - men hun sagde det jo lidt med modsat fortegn. Og helt sikkert i en god mening.

Farmor var nok lidt fjern i tid og rum, men mentalt oplevede jeg ofte, at hun var tættere på end resten af min familie.

Hun var stadig fuldstændigt åndsfrisk, da hun nogen tid senere blev indlagt på Kommunehospitalet med koldbrand i benene. Efter yderligere nogen tid, og gentagne livsforlængende indgreb, sagde lægen:

– *Fru Larsen. Blodkredsløbet i Deres ben er ophørt. Vi må amputere dem helt.*

– *Det skal De ikke*, svarede hun.

– *Men, fru Larsen, De vil dø, hvis vi ikke gør det*, argumenterede lægen.

– *Det er også på tide*, konstaterede hun.

Det undlod de så, og det gjorde hun så.

I tiden på kostskolen var det også en afklarende erfaring for mig. Min nærmeste familie kom til at virke mere og mere overfladisk, efterhånden som jeg fandt mig tilrette blandt fremmede mennesker. Da jeg lærte Lena at kende, var det helt tydeligt.

I min barndom og tidlige ungdom har angsten for at miste relationen til min nærmeste familie været styrende. Og den har vist sig at være reel. Heldigvis møder man ikke nødvendigvis den evige fortabelse udenfor familiens skød. Men hvad ved et barn om det?

En aften i Jelling

Vejen snor sig fra Vejle op gennem Grejsdalen. Jeg var sent på den. Skulle have taget motorvejen.

Jeg overvejede at ringe til hende. Men nu var jeg der om få minutter, og hvis jeg stoppede for at ringe, blev jeg jo bare endnu mere forsinket.

Mona stod på fortorvet og kiggede efter mig. Jeg genkendte hende med det samme. Var overhovedet ikke i tvivl. Efter tredive år. På den anden side ... der var ikke andre mennesker på vejen.

Et kort øjeblik svigtede modet mig. Kørte hundrede meter forbi for at parkere henne ved sparekassen. Det var helt overflødigt; der var rigeligt plads ved kantstenen.

Vi stod og så lidt forlegent på hinanden. Giver man et kram? Efter så lang tid? Kender vi hinanden, eller er vi fremmede? Vi endte med at give hinanden hånden.

Vi var ikke fremmede. Vi har mange fælles minder. Om første skoledag. Om Bentes fødselsdagsfest på Badehotellet. Om vores klasselærer, som vi hentede hjemme hos ham selv, når han var for sent på den om morgenen.

– *Og kan du huske det der med skolerne?...* spurgte Mona ... *vi boede jo lige klods op ad Dragør Skole, og vi kunne ikke gå der, fordi det var en anden kommune. Mor var tosset over det!*

Jeg huskede det vagt; men ikke som noget, jeg havde set som et problem.

I løbet af aftenen kørte hendes mand til Vejle for at hente deres store datter; hun havde vist været til dansestævne. Mona virkede utryg; rykkede lidt væk fra mig. *Hvad er der sket i dit liv? ...* tænkte jeg ... *har nogen gjort dig fortræd?* Men jeg spurgte ikke.

Mona viste mig et billede af sig selv sammen med sine søskende, hjemme i Dragør. Som teenager. I blomstret busseronne med halvlange ærmer og hvide trompetbukser. Jeg blev helt målløs: Hun mindede mig om Lena.

I en epoke af vores liv, hvor vi havde boet i hver sin københavnske forstad. Der havde været mindre end tredive kilometer imellem os, men vi havde aldrig fået ideen til at opsøge hinanden.

Månens genfødsel

Hos Mona var det blevet sent. Den yngste var puttet. Jeg måtte bryde op. Modvilligt. Som en juleaften, hvor alle gaverne er åbnet og det sidste lys på juletræet er ved at brænde ud. Jeg vidste godt, at jeg havde trukket den for længe. Som gæst hos en børnefamilie, der skulle op på arbejde næste morgen.

Det var blevet helt klart og stille. Tindrende stjerner og fuldmåne. Denne gang valgte jeg motorvejen fra Vejle tilbage mod Århus. Men jeg kørte ikke hurtigt. Drejede fra ved Slet, for at komme den korte vej tilbage til hotellet.

Var egentlig gået i seng, men kunne ikke sove. Så jeg satte mig i lænestolen med dynen over mig. Med lyset slukket. Månelyset skinnede klart ind gennem altandøren. Rimfrosten på terrassebrædderne glitrede i måneskinnet.

Vi havde en til undervisningsdag, inden vi skulle hjem på week end. Det ville være en fordel med lidt nattesøvn. Men det bekymrede mig ikke. Kiggede ud over villakvarteret, som lå badet i måneskinnet. Og lod tankerne flyve.

Gik ud på terassen for at få frisk luft og nyde den stille vinternat. Et godstog passerede på jernbanen lige bag hotellet, med en masse lyseblå skibscontainere. Frosten bed i mine bare tæer, så jeg måtte gå ind igen.

Ved tretiden om morgenen var der måneformørkelse. En måneformørkelse er midlertidig. Den kaotiske tid var også midlertidig. Jeg forsøgte at genkalde følelserne og tankerne fra dengang. Hvad var årsagen?

Ganske langsomt blev måneskiven mindre og mindre. Fandt et kladdehæfte frem, og begyndte at skrive - det, der efterhånden blev til denne fortælling. Ordene kom af sig selv. Med korte pauser. Den sidste hvide kant af Månen forsvandt, og hele Månen kom til syne igen. Nu som en rød appelsin.

At skrive er ikke en pligt. Nye erindringer og formuleringer kommer af sig selv - ofte på uventede tidspunkter. Jeg har ikke et fastlagt mål, som jeg skal opfylde indenfor en bestemt tidsramme. Inspirationen kommer, når jeg gør noget helt andet. Og jeg kan kun skrive, når jeg har lyst.

Som det første udkast til Maikens stil.

Da Månen igen skinnede hvid og fuld, lagde jeg mig til at sove. Det kunne vist lige blive til en times søvn inden morgenmaden.

Om denne bog ...

Bogen er et DIY-projekt, som har været mange år undervejs. Den blev færdiggjort i nærværende form under og umiddelbart efter Corona-nedlukningen i 2021 - 22.

Tekst, opsætning, grafik og billedet på forsiden er lavet af forfatteren.

Forsidefotoet er taget en vårvinterdag i 2021, hvor lyset og vejret var det rette, ved Näsbyholmssjön i Skåne.

Af samme forfatter ...

Alrum
A5, 91 sider.
udgivet : 2019.
ISBN : 9-788743-009313 (paperback)
En fortælling om hvordan ambitioner, uvidenhed og hensynsløshed kan ødelægge et idealistisk og velmenende projekt.

Krypto
A5, 91 sider.
udgivet : 2020.
ISBN : 9-788743-027942 (paperback)
Giver en tidlig indføring i programmering ved at vise, hvordan forskellige former for kryptering kan implementeres i sproget Python™.

telos
paperback, A5.
udgivet : 2021.
ISBN : 9-788743-030577 (paperback)
Sciencefiction om Jordens undergang.

hvis bare det hele var så enkelt
paperback, A5.
udgivet : 2022.
ISBN : 9-788743-04717 (paperback)
Noveller.